insel taschenbuch 4825
Erika Pluhar
Anna

AF201829

Annas Eltern stehen im Licht der Öffentlichkeit. Die Mutter ist Schauspielerin, der Vater ein umtriebiger, machtverliebter und genialistischer Designer. Die kleine Familie leidet unter dem exzessiven Lebensstil des Vaters, und die Mutter wird vom Beruf immer intensiver gefordert. Glückliche Familienmomente sind selten – den Eltern mangelt es an Zeit; Anna wird von wechselnden Kindermädchen betreut. Ein gemeinsamer Urlaub auf Mykonos erweist sich für die junge Schauspielerin als lebensverändernd, belastet jedoch Annas Kinderwelt noch einschneidender ...

Erika Pluhar beschreibt eine Kindheit im Ausnahmezustand. Einfühlsam, offen, schonungslos – eine berührende Geschichte, poetisch und lebensnah erzählt.

»Ein Plädoyer, das Leben nicht zu vermeiden, sondern zu leben.«
Der Standard

Erika Pluhar, 1939 in Wien geboren, war nach ihrer Ausbildung am Max Reinhardt Seminar lange Jahre Schauspielerin am Burgtheater Wien und als Sängerin tätig. Bislang veröffentlichte sie mehrere Romane, Gedicht-, Lieder- und Erzählungsbände. 2009 erhielt sie den Ehrenpreis des österreichischen Buchhandels für Toleranz in Denken und Handeln.

Im insel taschenbuch liegen von ihr außerdem vor: *Gegenüber* (it 4696); *Meine Lieder* (it 4688); *Die öffentliche Frau* (it 4354); *Reich der Verluste* (it 4282); *Im Schatten der Zeit* (it 4247); *Spätes Tagebuch* (it 4091); *Marisa* (it 4586); *Matildas Erfindungen* (it 4432) und *PaarWeise* (it 4183).

ERIKA PLUHAR
Anna

Eine Kindheit

Insel Verlag

Erste Auflage 2020
insel taschenbuch 4825
Insel Verlag Berlin 2020
© 2018 Residenz Verlag GmbH, Salzburg – Wien
Vertrieb durch den Suhrkamp Taschenbuch Verlag
Umschlag: Rothfos & Gabler, Hamburg
Umschlagfoto: Erika Pluhar
Druck: CPI books GmbH, Leck
Printed in Germany
ISBN 978-3-458-68125-0

Gezeugt wurde sie in einem Schloß. Man nannte es sogar ›das weiße Schloß‹, im Gegensatz zum ›roten Schloß‹, das es in diesem Ort ebenfalls gab. Zusätzlich befand sich eine Burg in nächster Nähe. Es war also eine zwar dörfliche, aber dennoch illustre Umgebung gewesen, die ihre Eltern dazu angeregt hatte, ein Kind ins Leben zu rufen. Die Mutter hatte ihrer Tochter oft davon erzählt. Von der altertümlichen Schönheit des weißen Schlosses, von dem großen, schweren Schlüssel, der in einer Steinvase lag, wenn sie nachts ihr Zimmer aufsuchte. Von den dunklen Gängen dorthin, sie mußte vorbei an ebenfalls dunkel vergilbenden Gemälden, es waren Porträts, aus denen Augen aus ferner Vergangenheit angsteinflößend auf sie herabzublicken schienen. Dann endlich das große Eckzimmer, dessen Fenster in den nächtlichen Park hinausführten. Sanftes Licht aus Lampen mit Seidenschirmen, ein riesengroßes, weißes Bett, von gedrechselten Säulchen flankiert. Ja, und dort sei es dann eben geschehen. Der Liebhaber und spätere Vater des Kindes hatte sie am Ende ihrer Theaterarbeit abgeholt, freudig gab sie sich ihm in diesem großen, weißen Bett hin, und bereits als sie gemeinsam weiterreisten, sei ihr ständig leicht übel gewesen.

Die Mutter war Schauspielerin. Knapp nach der Schauspielschule bereits am Burgtheater in Wien als Elevin engagiert, hatte sie bei diesen sommerlichen Burg-Festspielen in Goethes »Götz von Berlichingen« die Rolle der Adelheid angeboten bekommen und dann auch gespielt. Es war ihr erster beruflicher Ausflug ins deutschsprachige Nachbarland gewesen. Wie man auf die Idee gekommen war, die junge Wienerin dorthin zu holen, hatte die Mutter bereits vergessen, als sie davon erzählte. Jedenfalls sei der exzentrische ehemalige Kunststudent, der jetzt Brillenfassungen entwarf und sie zum ersten Mal mit dem Begriff ›Designer‹ konfrontiert hatte, mit seinem weißen, offenen Jaguar aus Österreich angebraust gekommen und als Ereignis in das Dorf eingefallen. Dorfbewohner, Bühnenkollegen, Burgherren, alles staunte, und die junge Schauspielerin wurde ob dieses Verehrers teils bewundert, teils belächelt. War er doch klein gewachsen, jedenfalls einen Kopf kleiner als die große, schlanke Mutter. Aber sein stämmiger Körper war wendig, ein blonder Lockenkopf milderte die kräftigen Gesichtszüge, und sein Lächeln, seine originelle Art sich auszudrücken bezwang letztlich alle. Vor allem eben die Mutter selbst, die mit unsicheren Gefühlen diesem Mann gegenüber aus Wien weggefahren war. Aber hier, zwischen

Dörflichkeit und Adelswelt, zwischen Freilicht-theater und Schloß, hier lernte sie einen Menschen kennen, der sie berührte. Sie verliebte sich endgültig. Und ihr Körper sprach das so sehr aus, daß sofort ein Kind empfangen wurde. Ein Kind der Liebe. Das sei sie gewesen, betonte die Mutter immer wieder, ein Kind der überraschendsten und ergreifendsten Liebe, die man sich vorstellen könne.

Völlig benommen von diesem sie plötzlich so gänzlich erfüllenden Empfinden war sie neben dem Designer in seinem offenen Wagen gesessen. Er mit einer russischen Pelzmütze, sie mit einem Kopftuch gegen Wind und Wetter geschützt, so fuhren sie auf endlosen Straßen bis nach Schweden. Stockholm sollte die Mutter ihr Leben lang als eine Stadt in Erinnerung behalten, in der eine ständige Übelkeit mit Brechreiz nicht abzuschütteln war. Sie hätte es anfangs auf die nördliche Witterung und die bei jeder Mahlzeit servierten Fischgerichte geschoben, sich jedoch allmählich darüber zu wundern begonnen.

Der Designer hatte als Student lange in Schweden gelebt und war dort unter anderem sogar als Leichenwäscher tätig gewesen, um in Wien sein Studium zu finanzieren. Einer seiner Brüder aber blieb dort vorübergehend wohnhaft, und den hatten sie besucht. Mehrmals und immer wieder erzählte die Mutter der Tochter von dieser Reise, erzählte, daß sie dort in Schweden, anfangs ungläubig und erstaunt, schließlich aber mit aller Entschiedenheit auf das Leben des Kindes in ihrem Leib hingewiesen worden sei. In Wien zurück, genügte der Besuch beim Frauenarzt, es zu bestätigen.

Und sie hatte sich darüber gefreut. Nicht, weil sie gern schon Mutter sein wollte, im Gegenteil, dieser Gedanke war ihr noch nie gekommen. Hatte sie doch gerade erst als Schauspielerin ein wenig Fuß gefaßt und liebte diesen Beruf. Aber auch diesen Mann liebte sie, und so hatte sie sich auf romantische Weise darüber gefreut, gerade von ihm ein Kind zu erwarten. Man konnte damals noch nicht im voraus feststellen, welchen Geschlechts es sein würde, aber er wünschte sich ein Mädchen.

Sie kam an einem achten Mai zur Welt.

Das war um einiges später, als vorhergesagt worden war. Die Mutter erzählte von ihrem schweren, stark hervorgewölbten Leib, auch Fotos gab es aus dieser Zeit, die die Tochter später betrachten konnte. Noch während der Schwangerschaft war aber auf Wunsch der Anverwandten und weil es sich damals so gehörte, die Heirat der Eltern vollzogen worden. Ohne viel Aufwand, nur standesamtlich, ein Geschäftsfreund des werdenden Vaters und der Portier des Amtes seien die Trauzeugen gewesen. In der Konditorei Demel hatten sie zur Feier des Tages Apfelstrudel mit Schlagobers verzehrt, und die Mutter war später allein nach Hause gegangen, um weiterhin, auch meist allein und sich selbst überlassen, dieses Kind zu erwarten.

Aber es wollte und wollte nicht erscheinen. Nach einem vergeblichen Spitalsbesuch, der nochmaligen Rückkehr in ihre Wohnung, hatte der Kindesvater sie kurzerhand einen ganzen Tag lang zu Fuß kreuz und quer durch die Stadt geschleppt und sich nachts neben sie gelegt. Und irgendwann war tatsächlich die Fruchtblase geplatzt, das Bett feucht, und die Mutter per Sportwagen in die Klinik verfrachtet worden. Die Wehen hatten eingesetzt, in den frühen Morgenstunden wurde das Kind geboren.

Sofort, noch im Kreißsaal, hatte die Mutter nach einem Telefon verlangt und dem Kindesvater mit leuchtender Stimme mitgeteilt: »Es ist ein Mädchen!«

Er war es, der seiner Tochter später mehrmals diese Stimme der Mutter beschrieb, er sei davon tief beeindruckt gewesen und in Tränen ausgebrochen.

Aber nach einem kurzen Besuch in der Klinik, einen riesigen Strauß roter Rosen herbeischleppend, das Baby mit männlichem Stolz ins Auge fassend und die noch geschwächte Wöchnerin hochlobend, ward er nicht mehr oft gesehen. Er war ständig unterwegs, notorisch getrieben und unstet, eine Konstante seines Wesens, die die Mutter jetzt erst erfuhr.

Mit dem Säugling war sie erschöpft und allein in ihre eigene dunkle Innenstadtwohnung zurückgekehrt. Eine alte, bäuerliche Kinderfrau, die er von irgendwoher kannte, hatte der Ehemann ihr jedoch zur Seite gestellt. Diese kam in der ersten Zeit täglich zu Mutter und Kind, legte nach ländlicher Sitte ein hellkariertes Kopftuch niemals ab und versorgte das Neugeborene mit wissenden Händen. Wenn diese Frau Maria bei ihnen hätte bleiben können, wäre vielleicht alles harmonischer verlaufen, befand die Mutter, als sie von dieser ersten Kinderfrau erzählte. Denn der Vater hatte sich ab nun nicht mehr sonderlich an seiner neuen Familie interessiert gezeigt. Diese Kränkung und die plötzliche Mutterschaft überforderten und schwächten sie, nur die alte Frau war der Mutter in dieser Zeit zu einer Stütze geworden, zu einem Quell von Wärme und Ruhe. Und auch sie, Anna, hatte sich in dieser kurzen Zeit als ruhiger und zufriedener Säugling erwiesen.

Anna.

Diesen Namen hatte sie von ihren Eltern sofort nach der Geburt erhalten. Obwohl damals eher abschätzig als altmodisch befunden und kaum je gewählt, bestand die Mutter darauf. Und der Vater umkränzte ihn noch pompös, er benannte seine Tochter stolz: Anna Katharina Nastassja! Die Mutter widersprach nicht, wie sie dem Mann ja fast nie widersprach, nannte ihr Kind jedoch stets nur schlicht und einfach Anna. Es sei der schönste Name auf Erden, betonte sie immer wieder, er enthielte Unendlichkeit, endloses Anfangen und Enden.

Obwohl Annas Geburt problemlos verlaufen war, kam es zu Komplikationen, als die junge Mutter bereits daheim war. Die Blutungen wollten nicht enden, und der Arzt wurde unsicher. In einem von Nonnen geleiteten Spital nahm er eine Ausschabung vor. Die Mutter hatte niemandem etwas davon gesagt, weil sie meinte, nach diesem, wie vom Arzt erklärt, ›Routineeingriff‹ ohnehin gleich wieder in ihre Wohnung zurückkehren zu können. Stattdessen jedoch strömte nach der Operation weiterhin Blut aus ihr und tränkte die Bettwäsche. »Die Nonnen haben mich deswegen beschimpft«, erzählte die Mutter. Anna erfuhr mehrmals und mit diversen Ausschmückungen vom ruhmreichen Geschehen, das dem folgte: wie der Vater – nachdem die Mutter eine Nonne mit Geld hatte bestechen müssen, ihn anzurufen – als machtvoller Held aufgetaucht war, die blutende Frau mit starken Armen aus dem Bett gehoben, sie aus dem Krankenzimmer und zum Auto getragen und nach Hause zurückgebracht hatte.

Dort allerdings sei es dann jedoch weitaus weniger ruhmreich zugegangen, ein Ärztekonsilium wurde einberufen, und die Mutter erhielt Medikamente, die alles versiegen ließen, ihre Blutung, aber auch das Fließen der Muttermilch. Der winzige Säugling mußte also allzu früh und abrupt auf Flaschennahrung umgestellt werden.

Trotzdem sah Anna später Fotos, auf denen eine schmal gewordene Mutter sich über ihr wohlgenährtes Baby beugte, lächelnd, mütterlich, hübsch geschminkt, ja, es waren hübsche Bilder.

Anna wurde von Beginn an viel fotografiert, stets zusammen mit der Mutter, und diese Fotos kursierten oft in Zeitungen. Der Vater liebte Öffentlichkeit in jeder Form, und er hatte schließlich eine junge Schauspielerin geheiratet. Also ließ er sich nicht lumpen und bugsierte diese so oft es ging ins Rampenlicht, vorrangig in das der Boulevard-Presse, wo Meldungen in der Art von ›Weiblicher Jung-Star mit reizendem Kind‹ bevorzugt wurden. Der Mutter gefiel das nicht wirklich, wie sie ihrer Tochter später gestand, aber sie fügte sich.

Davon abgesehen lag Anna gut genährt, heiter und ahnungslos in fürsorglichen weiblichen Händen. Es waren vornehmlich die der alten Kinderfrau, denn die Mutter, unerfahren, matt, oft bettlägerig, überließ ihr den Säugling, wann immer es ging. Die ihr für eine Weile aufgezwungene berufliche Untätigkeit und das Vermissen des selten erscheinenden Kindesvaters taten das Ihre, die junge Schauspielerin melancholisch und antriebslos werden zu lassen. Aber es herrschte Frieden in der dunklen Stadtwohnung, Frieden umgab das kleine Mädchen. Ohne Aufruhr verliefen die ersten Monate seines Lebens.

Bis eines Tages die alte Kinderfrau von ihrer Familie mit aller Strenge in das heimatliche

Dorf zurückgerufen wurde. Sie sei schließlich selbst Großmutter, ihre eigenen Enkelkinder bräuchten sie, hieß es, warum dort in der Stadt weiterhin einen fremden Säugling betreuen!

Also mußte schweren Herzens Abschied genommen werden. Die alte Frau selbst sei überaus betrübt gewesen und mit Tränen in den Augen fortgegangen, erzählte die Mutter. Sie erzählte von diesem Geschehen, wie man von einem nicht wiedergutzumachenden Unglücksfall berichtet. Und das war es wohl auch, denn die Kindermädchen und Kinderfrauen, die Anna nachträglich zu versorgen hatten, erwiesen sich weitgehend nicht als Glücksfälle.

Annas bewußt wahrgenommenes Leben begann, nachdem man aus der Innenstadtwohnung am Kohlmarkt ausgezogen und in eine Zimmerflucht in der Weyrgasse im dritten Bezirk übersiedelt war. Hier entstanden ihre ersten Erinnerungsbilder.

Der Vater hatte diesen Umzug letztendlich bestimmt. Wenn schon Familie, dann in großem Stil, befand er. Ausschließlich nach seinen Wünschen wurden die hohen Räume der neuen Wohnung in dunklem Weinrot, Aubergine oder Ocker gestrichen, schwere, goldene Bilderrahmen, meist ohne ein Gemälde zu beinhalten, zierten die Wände. Er folgte auch hier seinen eigenen verwegenen Vorstellungen, die jedoch keinerlei Wohnlichkeit für ein kleines Kind erschufen. Die Mutter bemühte sich am

Rande dieser düster gestalteten Pracht um eine freundlichere Umgebung für ihr Kind, einen kleinen Hort der Geborgenheit, in dem auch sie selbst sich vielleicht ein wenig geborgen fühlen konnte. Diese riesige Wohnung hätte sie immer erschreckt, gestand sie Anna später.

Nun befanden sich hinter der riesigen Küche mit altem, gekacheltem Herd zwei kleine Räume, die ehemals den Dienstboten zugedacht gewesen waren. Einer davon wurde als Kinderzimmer eingerichtet, daneben wurde das jeweilige Kindermädchen untergebracht. Anna sollte in einem überschaubareren Lebensbereich Kind sein dürfen. Sie schlief in einem weißlackierten Bett, das goldene Krönchen verzierten, und an der Wand neben ihr hing das ehrwürdige Gemälde eines großen Hundes. Der würde sie beschützen, sagte die Mutter.

Denn die kleine Anna schien des Schutzes zu bedürfen. Schon ihre ersten Lebenserinnerungen hatten wenig mit unbeschwerter kindlicher Wahrnehmung zu tun, sehr rasch fühlte das Kleinkind hinter dem hellen Augenschein dunkel Bedrohliches und Traurigkeit. Sie erinnerte sich zwar an ein junges, rotbackiges Kindermädchen, das sie fröhlich umsorgte, allem Anschein nach fehlte es ihr an nichts. Aber eine vertrauensvoll vorhandene, sie herzende Mutter fehlte. Nie vergaß Anna ein nächtliches Erwachen in ihrem Bett, die rosa Nachttischlampe brannte, und neben ihr saß die Mutter und weinte. Leise liefen Tränen über ihr Gesicht. Rasch schloß das Kind Anna seine Augen wieder und tat so, als schliefe es.

Als die Familie sich in der großen Wohnung niedergelassen hatte, begann die junge Schauspielerin allmählich wieder ihrem Beruf nachzugehen. Der Vater hingegen tauchte nach wie vor selten bei seiner Familie auf, er war irgendwo in der Stadt unterwegs oder auf Reisen. Wenn also nicht am Theater tätig, blieb die Mutter zu Hause meist allein sich selbst und ihrem Kind überlassen. Sie fühlte eine Welle von Traurigkeit, wenn sie sich über die kleine Anna beugte, sie hochnahm, fütterte oder zu ihr sprach.

Das neue Kindermädchen hieß Hildegard und bezog das Zimmer nebenan. Jung und unbekümmert tat es alles mit leichter Hand, war oft ein wenig nachlässig und ganz sicher nicht die perfekte Betreuerin. Ihre Frische jedoch hob sich wohltuend von der Gemütsverfassung der Mutter ab, bei Hildegard war es Anna so, als würde sie von einer stets gut gelaunten, älteren Schwester umsorgt.

Das Mädchen reiste auch mit ihnen, als die Mutter beschloß, mit ihrer kleinen Tochter einen ganzen langen Sommer in Kärnten zu verbringen. Sie logierten im Anwesen einer befreundeten Schauspielerin namens Angelika, die dort zur Aufbesserung ihres Lebensstandards auch Urlaubsgäste beherbergte. Die körperlichen Schwierigkeiten nach Annas Geburt und die

allzu baldige Wiederaufnahme ihrer Theaterarbeit hatten die Mutter nicht wieder zu Kräf-
ten kommen lassen, sie war sehr dünn geworden und litt unter ständiger Müdigkeit. Erholung tat not. Außerdem war Angelikas ebenfalls
anwesender Ehemann, ein bekannter Internist,
darum bemüht, die erschöpfte Schauspielerin
kraft eines ausgeklügelten Ernährungsplanes
wieder aufzupäppeln.

Während also die Mutter in diesen Sommer-
wochen viel für sich blieb und ruhte, war meist
Hildegard an Annas Seite. Sie schliefen gemeinsam in einem der hübsch eingerichteten
Zimmer, vor dem Zubettgehen tollten sie vergnügt herum, und auch am Morgen herrschte
sofort wieder gute Laune. Diese unbeschwerte
Gemeinsamkeit ließ Anna aufleben. Wohl
auch, weil sie die Mutter nachts im Nebenzimmer wußte, ihr ganz nah. Und tagsüber
gab es ja ebenfalls mütterliche Nähe, bei den
Mahlzeiten etwa, oder auf einem Spaziergang
zu zweit. Und vor allem entfernte die Mutter
sich nie gänzlich, sie war nie bei einer Vor-
mittagsprobe oder Abendvorstellung, also weit
weg, in dieser unbekannten Welt des Theaters.
Anna fühlte sich hier keinen Augenblick zurückgelassen, auf ewig verlassen, ein Gefühl,
das sie aus der großen düsteren Wiener Wohnung nur allzu gut kannte. Deshalb war sie
zufrieden und glücklich in diesem Sommer,
den sie zwischen hochstehenden Wiesen und
weiten Waldungen in Angelikas Landhaus ver-

brachten, sie erlebte hier eine kurze Zeit schattenlosen Kindseins.

Auch die Besuche eines jungen Mannes, der ab und zu nachts vor dem Fenster des Kinderzimmers stand und Einlaß begehrte, empfand sie als etwas, das zu diesem Sommer zu gehören schien. Der etwa vierzehnjährige Sohn Angelikas, der Claudius hieß und Claudi gerufen wurde, hatte sich unsterblich in Hildegard verliebt. Daß seine Mutter diese frühe Liaison, noch dazu ›mit einem Dienstmädchen‹, als äußerst unangenehm und unpassend empfand, erfuhr die kleine Anna ja nicht, und daß die zwei jungen Menschen sich neben ihrem Bettchen küßten, oder vielleicht sogar liebten, tat ihrem tiefen und festen Schlaf keinen Abbruch. Sie war fröhlich und gesund in diesem Sommer.

Auf dem Anwesen gab es auch einige Pfauen. Deren seltsame Laute, ihr majestätisches Stolzieren und die großen Räder aus Gold und Türkis, die sie aus ihrer Federschleppe hochschlagen konnten, all dies begeisterte Anna. Aber trotz ihrer Begeisterung hielt sie sich von diesen seltsamen, großen Vögeln fern, nur in gebührendem Abstand zu ihnen hockte sie oft im Gras und beobachtete sie.

Es war eine Zeit friedlicher Stunden. Die Mutter saß nicht weit von ihr entfernt neben dem Arzt in der damals üblichen, blumengemusterten ›Hollywoodschaukel‹. Sie schwangen leise plaudernd hin und her, im Haus hörte man Angelika telefonieren oder in der Küche

Befehle erteilen, Hildegard lehnte am Fenster des ebenerdigen Kinderzimmers und schäkerte mit Claudi, der Sommer wölbte sich warm und blau, die Wiese um Anna duftete, sie sah den Pfauen zu und war mit sich und ihrem Kinderleben zufrieden.

Nur wenige Male kam der Vater vorbei, er fiel sofort auf ein Bett und schlief übermüdet ein. Meist blieb er dann auch nur eine Nacht. Anna hörte die Stimmen aus dem Zimmer der Eltern und war erleichtert, wenn der Vater mit seinem Sportwagen am nächsten Morgen wieder davonsauste, die Mutter neuerlich allein blieb und die friedvolle ländliche Stille zurückkehrte. Bei diesen kurzen Besuchen kümmerte sich der Vater auch kaum um seine kleine Tochter, ein knappes Tätscheln, ein »Na, du bist ja schon ordentlich g'wachsen!«, nicht viel mehr. Anna lernte den Vater aus der Ferne zu betrachten wie einen ihrer Pfauen. Aus der Ferne beeindruckte er sie auch wie ein schillernder, räderschlagender Pfau, und ebenso erfüllte es sie auch stets mit leiser Angst, wenn er ihr näher kam.

Anna genoß in dieser sommerlichen Zeit das Genesen der Mutter. Sie fühlte ihre Erholung, den Atem ihrer Gegenwart, sobald der Vater wieder davon war. Und unauslöschlich in Erinnerung blieb Anna ein Lied, das die Mutter und Angelika gemeinsam immer wieder zu einer Schallplatte, oder auch völlig frei, mit stets verzückt schimmernden Augen trällerten:

»Überall blühen Rosen – überall blühen Rosen
– überall blühen Ro-o-sen für Dich – –«

Zurück in Wien, nahm alles wieder in unverän-
derter Form seinen Lauf. Zwar blieb Hildegard
noch eine Weile bei Anna in der Weyrgasse, gemeinsam spazierten sie an so manchem Nachmittag durch den Prater, dort, wo es Alleen,
Laub, Rasenflächen und gesundheitsfördern-
den Abstand zur staubgetränkten Stadtluft gab.
Aber das Kindermädchen wurde langsam zur
jungen Frau, und sich ständig an der Seite eines
Kindes zu befinden, geriet ihr zur Langeweile.
Immer lustloser erfüllte Hildegard die unerläß-
lichen Pflichten und sehnte sich gleichzeitig
nach dem großen Abenteuer. Das Kind spürte
ihr Abstandnehmen und vermißte wieder die
Nähe der Mutter.

Am Burgtheater hatte eine neue Saison begonnen, der Betrieb voll eingesetzt. Die junge
Schauspielerin erhielt größere Rollen, mußte
schwierige Aufgaben meistern, sie arbeitete
hart und wirkte zu Hause meist nur müde, wie
erloschen. Diese Rosen, die sie im Sommer be-
sungen hatte, schienen für sie nicht zu blühen.

Anna wartete stets sehnsüchtig darauf, einige
Stunden gemeinsam mit der Mutter verbringen
zu können. Etwa bei einem schlichten Abendessen am Küchentisch, wenn keine Vorstellung
lief. ›Spielfrei‹ hieß das, rasch erlernte Anna
dieses Wort. Oder bei einem gemeinsamen Besuch der Großeltern, die jenseits der Donau

lebten, in einer bescheidenen, aber hoch gelegenen Wohnung mit Balkon.

Da gab es die Omi, die umarmte, küßte und
viel seufzte, und es gab den Opi, der stets heiter
blieb und mit seinem Taschenmesser für Anna
Spazierstöckchen schnitzen konnte. Beide waren sie stolz auf die schauspielerischen Erfolge
ihrer Tochter, und sie liebten natürlich die
kleine Enkelin Anna. Den Kindesvater aber
betrachteten sie mit Argwohn. Ihrem elterlichen Spürsinn entging nicht, daß er Frau und
Töchterchen nicht glücklich machte, daß etwas
Dunkles, Bedrohliches über dieser Ehe lag.

Doch sie bemühten sich, Tochter und Enkelin ungetrübte Stunden zu schenken, man aß
Schnitzel mit Kartoffelsalat und man unter-
nahm Spaziergänge unter den Bäumen des
Spitzer-Parks. Die Schauspielerin erzählte viel
vom Theater, wenig vom Kindesvater, und ließ
sich ihr Unglück nicht anmerken. Und Anna
faßte von Anfang an eine ganz besondere, in-
nige Zuneigung zum ›Opi‹.

Auch zu den Großeltern väterlicherseits stellte
sich bald ein liebevolles Verhältnis ein, vor
allem zur ›Omaliese‹, wie Anna diese Großmutter, die Anneliese hieß, sehr bald nennen sollte.
Die kam des öfteren aus Salzburg angereist, wo
die Eltern des Vaters lebten, und verbrachte einige Tage in der Weyrgasse. Und diese Tage be-
deuteten für Anna stets familiäre Geborgenheit
und warmes Umsorgtsein. Omaliese selbst, die

ihren Sohn Udo ja über alles liebte, war erbost und traurig darüber, daß er nicht Familienvater sein konnte. Auch sie sah und fühlte schwelendes Unglück und bedauerte Enkelin und Schwiegertochter.

Anna hörte Gespräche zwischen ihrer Mutter und Omaliese, die sie zwar nicht gänzlich verstehen konnte, aber mit dem Erfühlen eines Kindes begriff sie Trauer und Tröstung. Begriff, daß die Mutter dankbar war für jeden Beistand, daß sie sich bemühte, verantwortungsvoll ihre Pflichten zu erfüllen, neben denen des Theaterberufes eben auch die einer Mutter.

Als wieder einmal ›Nikolo und Krampus‹ angesagt war, wollte sie für Anna ein ganz besonderes Fest ausrichten. Was aber dazu führte, daß sie allzu wirkungsvolle Darsteller dieser Figuren engagierte. Vor allem einen überaus talentierten, grausig überzeugenden Krampus, einen Teufel mir Hörnern, langer, roter Zunge und wild peitschender Rute. So lebensecht war er, daß Anna zutiefst verängstigt in Tränen ausbrach. Und auch der anschließend sich gütig gebärdende und Geschenke austeilende Nikolaus konnte sie nicht mehr beruhigen. Anna weinte, und die Mutter war hilflos bemüht, sie wieder aufzurichten.

Als die Tochter älter und verständiger geworden war, befand die Mutter, daß ihr auch ein Weihnachtsfest zu Hause geboten werden sollte. Bisher hatten sie den Weihnachtsabend stets bei den Großeltern und stets ohne den Vater verbracht.

Also wurde in einem der hohen Räume der großen Wohnung, zwischen auberginefarbenen Wänden, eine mächtige Tanne aufgestellt. Die Mutter schmückte sie mit Hilfe einer Leiter und Hildegards Handreichungen, befestigte an ihren Zweigen bunte Kugeln, Goldfäden, Kerzen, der Weihnachtsbaum gelang ihr, er sah prächtig aus. Sie hatte Geschenke besorgt und verpackt, alles tagelang vorbereitet. Auch eine erlesene ›kalte Platte‹ ließ sie sich in einem teuren Delikatessenladen zusammenstellen, eine Flasche Champagner stand bereit, und der runde Tisch im Salon war weihnachtlich gedeckt und geschmückt.

Nun erwartete man also den Vater, der sein pünktliches Kommen versprochen hatte, um als Familie diesen ›Heiligen Abend‹ gemeinsam zu begehen. Aber es wurde später und später und der Vater erschien nicht. Anna sah Traurigkeit in der Mutter hochsteigen, die sich zwang, nicht zu weinen und ihrer Tochter trotzdem Weihnachten vorzuspielen. Sie tat schließlich selbst, was der Vater versprochen hatte, für sie beide zu tun. Sie ließ das Kind im Korridor warten, ging voraus ins Weihnachtszimmer und zündete am Baum alle Kerzen an. Dann öffnete sie die Tür. Anna trat ehrfürchtig ein, stand bewundernd vor dieser Pracht, diesem Leuchten in dem sonst so düsteren Raum, und begann dann eifrig ihre Päckchen aufzuschnüren.

Bis plötzlich ein betrunkener Vater herein-
stürmte, böse lachend etwas vom ›Weihnachts-
schmaus‹ lallte und drei tote Fische unter den
Tannenbaum warf.

Da erlebte Anna ihre Mutter so aufgebracht
und verzweifelt wie noch nie zuvor. Laut auf-
weinend und völlig außer Fassung riß sie ihre
kleine Tochter an sich und verließ mit ihr die
Wohnung. Sie stolperten durch das Stiegen-
haus, standen bei bitterer Kälte frierend auf der
Straße herum, bis ein zufällig vorbeikommen-
des Taxi sie beide aufnahm und zu den Großeltern nach Floridsdorf brachte.

Dort herrschten Wärme, Kerzenschein und
der Geruch nach Gebackenem. Als Überraschung und Bestürzung sich etwas gelegt hatten, gab es Umarmungen, heißen Tee und
Wolldecken. Später Worte des Trostes, jedoch
immer wieder unterbrochen von lautstark ge-
äußerter Empörung über einen so furchterre-
genden Mann an der Seite dieser zwei armen
Wesen, die an einem Weihnachtsabend bei
ihnen Zuflucht suchen mußten!

Von elterlicher Liebe umfangen, weinte die
Mutter lange und haltlos, sie weinte sich aus.
Anna beobachtete. Sie sah einen Schmerz, der
ihr bislang so ungeschützt nicht gezeigt worden
war.

Später, als sie reichlich Kekse gegessen hatte
und ihr die Augen zufallen wollten, legte man
sie in das Ehebett der Großeltern. Fest eingepackt in warme Decken, hörte sie nebenan das

Aneinanderklingen von Weingläsern und weiterhin leises Klagen und tröstende Worte. Es wiegte sie in den Schlaf.

Solange Mutter und Vater zusammenlebten, gab es kein Weihnachtsfest in der Weyrgasse mehr. Immer wurde bei den Großeltern gefeiert, in Wien oder in Salzburg. Der Vater war selten dabei, er kam höchstens mit Geschenken bepackt ein Stündchen vorbeigeflitzt. Wie er ja stets, zu jedem Anlaß, zu jeder Verabredung, zu spät erschien, dann alle Aufmerksamkeit an sich riß, nur kurz blieb und eilig wieder verschwand. Nichts schien ihn mehr zu quälen als ein Irgendwo-Bleiben-Müssen, es trieb ihn aus jeder Nähe, jedem Aufenthalt, nach kürzester Zeit davon und weiter. Die Liebe seiner Frau hing an ihm als Gewicht, mit der kleinen Tochter wußte er nichts anzufangen, und seine Sucht nach Frauen mußte trotz dieser Ehe ausgelebt werden.

Also versuchte er sich der familiären Nähe noch entschiedener zu entziehen, indem er der Mutter, die seit ihrer Kindheit von einem Leben auf dem Lande träumte, ein ländliches Zweit-Domizil vorschlug. Hätte er doch unlängst einen Gutsherrn kennengelernt, der würde in seinem Landschloß einige Räume im Stockwerk und auch das hübsch adaptierte bäuerliche Nebengebäude vermieten. Wolfpassing hieß der kleine Ort, nicht weit von Wien entfernt, und vom Schloß aus, erhöht am Rand bewaldeter

Hügel liegend, könne man das Dorf bis hin zur Weite des Tullnerfeldes überschauen. Ob man nicht einmal dorthin fahren und sich das gemeinsam ansehen sollte? Landluft wäre doch gut für die Kleine, nicht wahr? Und so schnell erreichbar sei das Schloß, da könne sie, die Schauspielerin, aus der Stadt jederzeit, und sogar noch nachts, nach einer Abendvorstellung, in das von ihr doch so geliebte Landleben entfliehen! Das wäre doch was, oder?

Anna war dabei, als die Eltern zum ersten Mal nach Wolfpassing fuhren. Im Porsche der Mutter fuhren sie. Die hatte inzwischen den Führerschein erworben und vom Vater bald dieses Auto aufgedrängt bekommen. Es sei sicherer, fand er, als der bescheidene VW, den sie anfangs besaß. Und bald wurde dieser schwarze Porsche in Wien eine Art Markenzeichen für die mittlerweile recht bekannte Schauspielerin, wo immer sie sich in der Stadt mit ihm bewegte, fiel es Leuten auf. Anna, wenn sie ab und zu mitfahren durfte, sah vom Rücksitz aus Menschen aufmerksam werden, herschauen, herlachen, ja sogar herüberwinken. Und es war ihr von Anfang an unangenehm. Daß ihre Eltern, wo immer sie sich mit ihnen befand, stets Aufmerksamkeit erregten, daß dabei Blicke stets auch sie selbst trafen, wurde für sie ein unliebsamer, ja oft sogar quälender Aspekt ihres Kinderlebens.

Aber als die Mutter an einem Frühsommertag das Auto Richtung Wolfpassing lenkte, der Vater breit neben ihr saß und gute Laune versprühte, da gefiel es Anna hinter den beiden am Rücksitz. War sie doch überaus selten mit Vater und Mutter beisammen, noch dazu in so heiterer und harmonischer Stimmung, wie es bei dieser Ausfahrt der Fall war.

Sie verließen die Stadt, fuhren eine Weile flußaufwärts an der Donau entlang, und dann weiter auf einer schmalen Straße, die sich, von Obstbäumen gesäumt, am Fuß des Wienerwaldes dahinschlängelte. Der Mutter gefiel diese sanfte, unaufdringliche Landschaft, es gab Hügel und Laubwälder zur einen, Flachland und Felder zur anderen Seite. Und dem Vater wiederum gefiel sehr, daß es ihr gefiel.

Sie erreichten nach etwa einer Stunde das Dörfchen. Dort befahl der Vater das Abbiegen. Zwischen ebenerdigen Bauernhäusern rumpelten sie einen leicht ansteigenden, sandigen Fahrweg aufwärts, und gelangten schließlich zu einem großen Gittertor. Dahinter lag das Schloß Wolfpassing.

Der Begriff ›Schloß‹ erwies sich als ein wenig zu pompös, das Gebäude konnte gerade noch als Herrschaftshaus eines Landgutes durchgehen, besaß aber bauliche Schönheit. Es war mit einem Säulengang ausgestattet und endete in einem turmartigen Rundbau.

Der sogenannte Schloßherr hingegen war ein etwas verworrener Mann, Landwirt und Jäger, und ständig im Streit mit seiner hübschen Frau, die ihn aus Langeweile wahllos mit irgendwelchen Bauern betrog.

An diesem Nachmittag jedoch begrüßte er die Eltern und Anna als jovialer Landjunker, führte sie im Schloß eine Treppe aufwärts und zeigte ihnen das zu vermietende sogenannte ›Turmzimmer‹, mit Bad und kleiner Küche. An den Blicken der Mutter, die an das Fenster getreten war und hinaus ins Weite sah, erkannte Anna sofort, wie sehr dieser Raum etwas in ihr beflügelte.

Danach überquerten sie auf einem Kiesweg ein gepflegtes Gartenstück und betraten die niedrigen Räume des ehemaligen Gesindehauses. Mit feinem Gespür hatte man hier restauriert, das Schöne des Ländlichen mit Komfort versehen, lauschige Behaglichkeit schlug einem sofort entgegen. Der Wohnraum, Küche, Nebenräume, alles war geschmackvoll eingerichtet und teilweise mit Treppen aus altem, glänzendem Holz verbunden. Dieses Häuschen schien wie dazu geschaffen, sich wohl zu fühlen. Anna sah freudige Bereitschaft in den Augen der Mutter entstehen, und das schien dem Vater mehr als zuzusagen, er strahlte siegesgewiß. Ohne viel Federlesens einigte er sich mit dem Besitzer, beides wurde von ihm gemietet, das Turmzimmer und vor allem das gemütliche, kindergerechte, kleine Haus.

Anna gefiel dieser Ausflug, und sie mochte die begeisterte Einigkeit der Eltern. Je hier wohnen zu bleiben, kam ihr nicht in den Sinn, obwohl Vater und Mutter angeregt darüber sprachen. Fuhr man doch abends zurück in die

Weyrgasse, und sie wurde von Hildegard, die sie erwartet hatte, in ihr weißes Bett unter dem Gemälde des großen Hundes schlafen gelegt wie an anderen Abenden auch.

Daß ihr vertrautes Kindermädchen, das kein Mädchen mehr sein wollte, sie jedoch bald verlassen würde, das wußte Anna nicht. Einige Tage später, während sie am großen Küchentisch gemeinsam eine Jause zu sich nahmen, sagte Hildegard: »Jetzt kriegst eine Neue!«

Das Kind sah sie fragend an.

»Na ja, eine Neue als Kinderfräulein«, fügte sie hinzu, und strich Anna übers Haar. »Mach dir nix draus, es wird sicher lustig mit der, du kriegst jetzt nämlich eine Negerin.«

Anna verstand nicht recht, was Hildegard mit ›Negerin‹ meinte, aber wie sie es aussprach, klang so, als käme etwas Unheimliches auf sie zu.

Am Morgen danach, als Hildegard ihre Sachen zusammenpackte und das Mädchenzimmer räumte, war die Mutter dabei und geleitete sie freundlich, mit guten Wünschen für die Zukunft, an die Wohnungstür. Anna verstand diesen Abschied nicht, er fiel ihr schwer, ihr war, als müsse sie sich von einer Schwester trennen. Hildegard hatte kurz Tränen in den Augen, als sie einander ein letztes Mal umarmten, aber sie schien gerne aus der düsteren Wohnung, aus ihrem Kämmerchen hinter der altmodischen Küche, in ein weitläufigeres, erfreulicheres Leben aufzubrechen.

Noch am selben Tag erschien sie, die ›Negerin‹. Davor aber nahm die Mutter ihr kleines Mädchen auf den Schoß und versuchte es auf diese Neuerung vorzubereiten. Es sei dringend nötig geworden, nach Hildegards plötzlicher Kündigung ein anderes Kinderfräulein zu suchen, und der Vater hätte gottseidank rasch eines gefunden, aber eben eines, das eine schwarze Haut hätte. Das sei etwas ganz Normales, viele Menschen in Afrika oder Amerika oder in Indien hätten eine dunkle Haut, und einige eben auch hierzulande. Patricia sei der Name der jungen Frau, sie sei sehr, sehr lieb, lebe noch nicht lange in Wien, könne aber schon recht gut Deutsch sprechen, Anna würde sie sicher mögen.

Und Anna mochte sie.

Es war damals noch nicht verpönt bis verboten, eine Frau mit dunkler Haut ›Negerin‹ zu nennen, aber weil es bei Hildegard so seltsam unschön geklungen hatte, unterließ Anna diese Bezeichnung sogar in Gedanken, nachdem sie Patricia kennengelernt hatte. Sie fand diese junge Frau wunderschön. Groß gewachsen war sie, hielt das krause Haar mit einem bunten Tuch umschlungen, und trug den Kopf hoch auf einem prachtvoll aufrechten Hals.

Man hatte Anna nicht erklärt, woher genau Patricia käme, weshalb sie in Wien lebe, wie ihre Lebensumstände beschaffen seien. Möglich war auch, daß es dem Kind als unwesentlich erschien.

Also bewohnte Patricia jetzt die Kammer neben dem Kinderzimmer, sie kochte für Anna, und was sie kochte, schmeckte andersartig, jedoch köstlich. Und auch, wie sie sich beim Kochen durch die Küche bewegte, ohne Hast, mit leicht schwingenden Hüften, gefiel Anna, sie saß daneben und schaute ihr unverwandt dabei zu.

Mit Patricia einkaufen zu gehen oder an ihrer Hand im Prater die Alleen, Wiesen oder Spielplätze aufzusuchen, war stets von neugierigen bis abwehrenden Blicken begleitet, Anna bemerkte das ganz rasch. Im Lebensmittelladen bildete sich manchmal sogar ein richtiges Spalier glotzender Menschen, wenn sie an den Regalen auswählend unterwegs waren. Aber Patricia schritt hindurch wie eine Königin, fand Anna, und drängte sich nahe, wie schützend, an die dunkle Frau heran, hob den Kopf wie diese und versuchte, dem Blick spöttischer Augen nicht auszuweichen, sondern ihnen furchtlos zu begegnen. »So a Klane mit aner Negerin – darf denn des sein«, hörte sie Wiener Hausfrauen murmeln, oder Bemerkungen wie: »Samma im Dschungel oder was!?«

Es war in Annas Leben ihre erste Konfrontation mit dieser Menschenangst vor Fremdem, dem Mißtrauen und der Feindlichkeit, die eine Hautfarbe auslösen kann. Sie sprach jedoch nicht darüber, und ihre vielbeschäftigte Mutter tat es ebenfalls nicht, die hatte täglich ihre Theaterproben, sah nur flüchtig vorbei, mit einem »Geht alles?«, und nachdem Patricia und Anna genickt hatten, eilte sie wieder davon.

Es war aber Udo, der sie bei einem seiner sporadischen, sehr kurzen Besuche, die Väterlichkeit demonstrieren sollten, fragte: »Wie geht's dir denn mit der Schwarz'n?«

»Gut«, sagte Anna.

»Schaun's blöd, die Leut?«

Anna nickte.

»Die Welt ist groß und voller Farben, die Leut aber sind klein. Drum werden's Nazis.«

Anna sah den Vater an.

»Erklär' ich dir später mal«, lachte er.

Dann trat er zu Patricia, die ihn an Größe überragte, und schlug ihr leicht auf das Hinterteil. Seltsamerweise schien das die junge Frau nicht zu verärgern, sie lächelte zu Udo hinab. »Mach's gut, du fescher schwarzer Teufel«, sagte er noch, winkte seiner Tochter zu, und weg war er wieder.

Anna beobachtete Patricia. Auf deren Gesicht lag immer noch dieses leichte Lächeln, und auch als ›fescher schwarzer Teufel‹ bezeichnet zu werden, hatte sie sichtlich nicht erzürnt.

Dennoch war es der Vater, der den Anstoß dazu gab, daß die Anwesenheit dieses exotischen Kindermädchens nicht von langer Dauer blieb.

Wenn die Mutter noch im Theater war, kam der Vater jetzt häufig abends zu Patricia in die Küche. Anna, schon zu Bett gebracht, hörte die beiden lachen, das Öffnen von Weinflaschen und Gläserklirren. Und das hatte Folgen. Eine Weile blieb es zwar unbemerkt, aber Patricia begann zu trinken.

Allmählich konnte Anna feststellen, daß es in Küchenfächern Flaschen gab, die von Patricia ab und zu hervorgeholt wurden, um einen kräftigen Schluck daraus zu nehmen. Allmählich war es auch so, daß die junge Frau oft schnarchend nebenan auf ihrem Bett lag, während Anna in ihrem Zimmer spielte oder verängstigt diesem Schnarchen lauschte. Aber da zwischendurch denn doch immer wieder eine freundliche, sanfte Patricia für sie kochte und sorgte, ließ sie deren Veränderung der Mutter gegenüber unerwähnt.

Nur begannen die Ausflüge in den Prater für Anna mehr und mehr zu einer Tortur zu werden, denn dort saß Patricia oft mit der Schnapsflasche auf einer Parkbank und überließ das Kind auf Spielplätzen und Wiesen unbeaufsichtigt sich selbst. Zuletzt saß Anna oft ratlos neben der betrunkenen Frau und wartete auf eine, wenn auch torkelnde Heimkehr. Bis eines Tages daran nicht mehr zu denken war, weil Patricia von der Bank fiel und bewußtlos im Gras liegen blieb. Anna kauerte neben ihr und weinte. Der Tag begann sich zu neigen, Passanten gingen kopfschüttelnd vorbei.

An diesem Abend kam die Mutter früher als sonst nach Hause. Erschrocken stellte sie fest, daß die Wohnung leer war, und zwar zu einer Zeit, in der sie sich manchmal zu Anna setzte, um mit ihr ein frühes Abendessen zu teilen. Wo waren sie. Wo war die Kinderfrau mit dem Kind.

Die Mutter stieg also in ihr Auto und fuhr zum Prater. Da es an einem warmen Frühsommertag wie an diesem geboten war, mit dem Kind ins Grüne zu gehen, nahm sie an, die beiden dort am ehesten zu finden.

Und dann fand sie die beiden auch.

Eine betrunkene Frau, das bunte Tuch über dem Kraushaar verschoben, lag wie bewußtlos am Boden, und daneben saß in Tränen aufgelöst das kleine Mädchen.

Die Mutter erblickte Anna mit einem Aufschrei, riß sie von der Seite der Betrunkenen zu sich hoch und fuhr dann, ebenfalls bitterlich weinend, mit ihr nach Hause. Im Auto, neben der völlig aufgelösten Mutter, schluchzte Anna nur noch ab und zu auf, war aber gleichzeitig von dankbarer Erleichterung erfüllt, aus der abendlich aufsteigenden Dämmerung, der Verlassenheit neben einer bewußtlosen Frau, aus Angst und Ratlosigkeit erlöst worden zu sein.

Die Mutter bereitete ihr daheim mit zitternden Händen einen Grießbrei zu, der ihr nicht gelang und klumpig blieb, aber Anna aß ihn mitsamt den Klumpen, sie war nur froh, wieder zu Hause zu sein. Auch als der Vater aufkreuzte und die Eltern nebenan in der großen Küche heftig miteinander stritten, machte ihr das wenig aus. Sie lag, diesmal von der Mutter gebadet, in ihrem weißen Bett unter dem Gemälde

des Wachhundes, und schlief bei dem Geschrei
der beiden ein, als sänge man ihr ein Schlaf-
lied.

Die Mutter sollte den Vater nachträglich be-
schuldigen, das Kinderfräulein umworben, miß-
braucht und zum Alkohol verführt zu haben.
Wie Patricia weggeschafft wurde, nicht nur voll-
trunken aus der Praterwiese, sondern auch gna-
denlos rasch aus der Wohnung in der Weyrgasse
und aus ihrem Leben, blieb Anna verborgen.
    Vielleicht aber war es auch dieser Streit der
Eltern, und nachfolgend der Versuch, trotz
aller Empörung und Anklage der Mutter eine
eheliche Neu-Orientierung zu finden, die eine
teilweise Übersiedelung in das Dorf Wolfpassing jetzt spruchreif machten. Und auch deshalb mußte dringlich eine neue Kinderfrau
gesucht werden. Die Mutter bat mittlerweile
bereits ihre Eltern oder Omaliese, Anna zeitweise zu betreuen, sie war am Theater ständig
gefordert, Beruf und Kind unter einen Hut zu
bekommen, war für sie kaum noch zu leisten,
sie wirkte erschöpft. Und das war sie auch. Töd-
lich erschöpft. Und eine Kinderfrau mußte
her, eine, die vor allem das Landleben nicht
scheuen würde!

Eines Tages entstand reger Betrieb in der großen Stadtwohnung, immer wieder läutete es
an der Tür, und ein weiblicher Gast nach dem
anderen wurde von der Mutter empfangen. Sie

nahm es diesmal, nach der dramatischen Erfahrung mit Patricia, sehr genau.

Nach einem Tag Bedenkzeit hatte die Mutter sich entschieden. Sie stellte ihrer Tochter eine ältere, grauhaarige Frau vor, deren rauhe Stimme und rauhes Lachen Anna gleich ein wenig erschreckten.

»Das ist Frau Lilli«, sagte die Mutter, »sie wird auch gern mit dir in Wolfpassing bleiben, wenn wir hinziehen. Ich muß halt manchmal ins Theater fahren und arbeiten, du weißt, aber die übrige Zeit bin ich dann auch viel mit dir draußen. Frau Lilli wird zwischendurch gut auf dich aufpassen.«

»Ja, wie deine Mutti!« Die Frau beugte sich zu Anna herab, »bin ich eben die Lilli-Mutti für dich, ja?«

Und so hieß sie dann später auch, für das Kind und für alle, wenn man von ihr sprach. Sie wurde die Lilli-Mutti.

Die ländliche Dependance wurde von der Mutter sorgsam mit allem ausgestattet, was zur Wohnlichkeit noch fehlte. Geschirr und Bettzeug, Garderobe, Spielsachen, zuletzt gab es in Wolfpassing ebenfalls alles, was eine kindergerechte Häuslichkeit benötigt. Mit Sack und Pack wurde Anna dorthin verfrachtet.

Das einzige, was auch hier wieder allzu häufig fehlte, war die Anwesenheit der Mutter. Anna mußte sich an das rauhe Organ, das heisere Lachen, die Hustenanfälle der Lilli-Mutti gewöhnen, ob es ihr gefiel oder nicht. Sie blieb auf dem Land mit der Frau oft tagelang allein. Die war nicht unfreundlich und tat ihre Pflicht, aber es geschah ohne die Wärme einer liebevollen Zuwendung. Und es stellte sich heraus, daß die Gute heftig Zigaretten rauchte, vor allem abends vor dem Fernsehapparat. Da war sie froh, wenn Anna zu Bett lag, lehnte im Sofa, rauchte und genoß diverse Shows.

Es gab aber im Dorf eine Schar Kinder unterschiedlichen Alters, die nachmittags auf der Straße und vor dem Schloß spielten und dieses fremde, kleine Mädchen problemlos in ihre Runde aufnahmen. Anna war gern unter ihnen. Sie trug meist ein einfaches Dirndlkleid, und wenn es kühl wurde, einen warmen Wolljanker und ein Kopftuch, in nichts unterschied sie sich von ihren bäuerlichen Spielgefährten. Nur wenn der schwarze Porsche angefahren kam, hielten die anderen Kinder scheu Abstand, einzig Anna lief dem Auto entgegen. Endlich kam sie wieder! Endlich war sie wieder da, die Mutter! Und jedesmal hoffte Anna inständigst, sie würde diesmal länger bei ihr bleiben.

Denn es war schön mit der Mutter, wenn sie Zeit hatte. Gleich hinter dem Schloß erhoben sich die sanften Hänge der Hügelmassive, die das Tullnerfeld begrenzten, und da stieg die Mutter gern mit Anna hinauf. Wiesen gab es da, Ahornhaine, wildes Buschwerk. Sie wanderten meist querfeldein, verließen die Pfade, saßen irgendwo im hohen Gras, oder gegen einen

Baumstamm gelehnt und schauten in die Weite
der Ebene hinaus. Und die Mutter erzählte Geschichten, entweder welche aus ihrer Jugend,
oder auch erfundene, aber auch vom Theater
erzählte sie, und von ihren eigenen Träumen
und Wünschen. Anna verstand sehr bald, daß
ihre Mutter nicht so mit ihr sprach, wie man ge-
meinhin mit kleinen Kindern spricht, und sie
gewöhnte sich mehr und mehr daran.

Aber auch an die Donau fuhren sie manchmal. Mit dem Auto durchquerten sie auf nahezu unbefahrenen Landstraßen und in hoher
Geschwindigkeit ausgedehnte Felder und stille
Dörfer. Anna saß, fest angeschnallt, gern neben
der Mutter auf dem Vordersitz. Meist parkten sie
am Rand der Auwälder, im Frühling gab es da
Schneeglöckchen und Veilchen, und am Fluß
blühende Weiden. Wenn Sommer war, saßen
sie auf der Uferböschung und ließen ihre Beine
vom strömenden Wasser umspülen. Ja, die Ausflüge mit der Mutter waren immer schön.

Aber auch ihre Anwesenheit im Haus oder
drüben im Turmzimmer des Schlosses war von
Anna ersehnt und tat ihr wohl. Es erlöste sie
von der ausschließlichen Gegenwart und Gesellschaft der Lilli-Mutti. Sie mochte diese Frau
nicht. Zur Mutter sagte sie nichts davon, aus
einer Art kindlicher Rücksichtnahme.

Warum aber gerade diese Kinderfrau ausge-
sucht worden war, blieb ein Rätsel, späterhin
sogar für die Mutter, wenn sie daran zurück-

dachte und sich nachträglich Vorwürfe machte. Es lag wohl daran, daß diese Frau alt war, nach dem Schock mit Patricia und dem Verlust von Hildegard sollte es kein jüngeres Kindermädchen mehr sein. Und vielleicht war auch die Erinnerung an die wunderbare alte Frau Maria damals am Kohlmarkt für die Mutter bestimmend. Aber seltsam blieb die Auswahl dieser rauhen, auf unschöne Weise gealterten, zigarettenqualmenden Frau allemal.

Die erste Zeit am Land war von Schönwetter gesegnet, ein sanfter Frühling, ein sehr warmer Sommer. Die Mutter kam manchmal noch nachts, nach der Vorstellung am Theater, aus Wien angefahren. Anna hörte es, wenn der Porsche herandröhnte, einparkte, die Autotür zufiel, und die Mutter auf Zehenspitzen ihr eigenes Zimmer aufsuchte. Da schlief Anna gleich wieder ein, beruhigt und froh. Und tags darauf gemeinsam zu frühstücken, in der Sonne auf einer Decke im Garten zu liegen, die Mutter lesend, sie selbst mit Gras und Steinen spielend, und die Lilli-Mutti weit entfernt von ihnen, das bedeutete Glück. Leider stets eines, das nicht lange währte.

Der Vater kam überaus selten vorbei, hatte er ja Frau und Tochter auf diesen Landsitz verbannt, um in der Stadt seinen Freiheiten nachgehen zu können. Aber wenn er erschien, war es stets mit Aufruhr und Aktionen verbunden. Er hatte sich einen uralten Militär-Jeep zugelegt, mit dem er waghalsig über Hänge und Hügel kurvte. Ab und zu brachte er Freunde mit. Einmal einen amerikanischen Fotografen, mit einem wunderschönen Fotomodell. Ein Foto entstand bei diesem Besuch. Anna blondlockig, im Strickjäckchen, mit großen, fragenden Augen, auf dem Rücksitz des offenen Jeeps, der Vater, mit einer Schirmkappe sein Gesicht verbergend, am Steuer, die Mutter wie abwesend neben ihm, und schwermütig zur Seite blickend. Es sollte dies das einprägsamste Bild dieser familiären Verbindung bleiben. Ein sehr trauriges Bild. In einem ovalen schwarzen Rahmen sollte es Annas Zukunft begleiten, später verziert mit einem kleinen grünen Krokodil, das sie in zornigem Spott über diese unheilige Familie geklebt hatte.

Was die Mutter jedoch lange Zeit vor Anna zu verbergen trachtete, war die Tatsache, daß der Vater sie manchmal schlug. Ihre blauen Flecken oder blutunterlaufenen Augen erklärte sie, wie alle geprügelten Frauen es tun, mit ungeschicktem Hinstürzen. In ihrem Fall redete sie sich meist auf eine Probe im Theater aus, da würde ja körperlich eine Menge gefordert, so ein kleiner Unfall sei an der Tagesordnung.

An einem schönen Sommernachmittag jedoch, als die Wiener Großeltern zu Besuch waren, zerbrach dieses mühsam gehütete Geheimnis zu schonungsloser Realität. In deren Gegenwart geschah es nämlich, daß der schwer angetrunkene Vater torkelnd auftauchte, herumzubrüllen begann und gewalttätig gegen seine Frau vorging. Er schlug sie, vor ihren Eltern und der kleinen Tochter. Der Opi jedoch, wahrlich kein sehr mutiger Mann, erhob sich und gab seinem randalierenden Schwiegersohn ohne zu zögern eine knallende Ohrfeige. Die Omi weinte laut auf und rang die Hände. Und der Vater selbst brach, vom Alkohol zur Rührseligkeit getrieben, ebenfalls in Tränen aus, sank schluchzend und beschämt in sich zusammen, während die anderen einander zitternd umarmten. Die kleine Anna blickte tief hinein in das Elend dieser Ehe. Sie sah ihre Eltern neu.

Im Spätherbst und Winter blieb die Mutter oft lange Tage in Wien, weil sie fast jeden Abend eine Vorstellung spielen mußte und tagsüber Proben zu einem neuen Stück hatte. Nachts oder am frühen Morgen die lange Autofahrt, deshalb auch weniger Schlaf, das hätte sie all der Kraft beraubt, um die sie ohnehin kämpfen mußte. So erklärte sie es Anna. Erklärte es wie immer auf ihre Weise, als spräche sie mit einem erwachsenen Menschen, und das Kind bemühte sich zu verstehen. Dennoch fühlte Anna sich allein gelassen. Die Lilli-Mutti blieb tagelang ihre einzige Gesellschaft, denn auch die Dorfkinder hatten entweder Schulunterricht, oder das schlechte Wetter verhinderte gemeinsames Spielen im Freien.

Und es wurde kalt und unfreundlich in Wolfpassing. Die Feuchtigkeit der Donau und der
Auwälder schien über die Ebene heranzuwehen
und sich am Fuß der Hügel als graue Nässe zu
stauen. Nebel fiel ein, es schneite dünn, das
Dorf versank in winterlichem Schweigen. Anna
blieb viel im Haus und sah mit Lilli-Mutti fern.

Sobald aber Kinder auf der Straße auftauch-
ten, wollte auch sie hinaus, egal, ob sie frieren
oder Regen sie durchnässen würde. Die alte
Frau schimpfte zwar und hätte Anna der Be-
quemlichkeit halber lieber im geheizten Haus
neben sich behalten. Zog ihr aber dann doch,
wenn auch unwillig, wärmere Sachen an, und
ließ sie unbeobachtet draußen herumlaufen,
während sie selbst in der warmen Stube blieb.
Ob sie nun nicht achtsam genug vorging, sich
zu wenig um das im Freien spielende und vielleicht frierende Kind kümmerte, und eine deshalb entstandene Erkältung vorerst nicht ernst
genug nahm – jedenfalls geschah es in dieser
Zeit zum ersten Mal, daß sich bei Anna ein heftiger Husten in einen Asthmaanfall verwandelte.
Sie röchelte und rang nach Luft.

Die Mutter wurde von einer völlig hysteri-
schen Lilli-Mutti telefonisch herbeigerufen,
sagte eine Probe am Theater ab, ein Arzt kam.
Medikamente und ein Atemspray besserten
recht schnell Annas kritischen Zustand.

Bald darauf wurden auch die Zelte in Wolfpassing abgebrochen und Anna in die Stadtwohnung zurückgeholt.

Daß nun neben dem Landaufenthalt bei winterlicher Kälte und einer nachlässigen Kinderfrau auch Sehnsucht nach der Mutter, nach einer familiären Geborgenheit bei dem Kind dieses Krankheitsbild hervorgerufen haben könnte, bedachte vorerst niemand. Und Anna selbst war erleichtert und froh, im Zimmerchen neben der großen Küche, in ihrem weißlackierten Bett unter dem Gemälde des großen Hundes, allmählich ganz gesund werden zu dürfen, und nicht tagaus, tagein nur die rauchende, ebenfalls hustende Lilli-Mutti um sich zu haben. Auch wurde die Vereinbarung mit dieser Kinderfrau nicht mehr lange aufrechterhalten, die Mutter entließ sie bald nach diesem Winter.

Die Sorge um ihre kleine Tochter, das Erschrecken bei deren plötzlichem ersten Auftreten von Asthma, bewogen die Mutter wohl auch, mit dem Kind im folgenden Sommer ans Meer zu reisen. Ohnehin hatte der Vater Frau und Tochter nach Griechenland beordert, befand sich selbst bereits seit Wochen auf der Insel Mykonos, und wollte mit dieser spontanen Geste wohl einmal familiäre Großzügigkeit beweisen.

Anna erlebte bei den Vorbereitungen zu dieser Reise eine Mutter, deren Nervosität ihr nicht verborgen blieb. Sie erzählte dem Kind, daß sie selbst zwar auch noch nie ein Flugzeug bestiegen hätte – es aber sicher etwas Wunderschönes, ein richtiges Erlebnis sei, zu fliegen, sie solle sich darauf freuen! Trotzdem spürte

Anna die Furcht der Mutter, ihr Herzklopfen, die erregten Atemzüge, schon als sie die Koffer packte. Und als am nächsten Morgen ein Taxi in die Weyrgasse bestellt wurde, sie zum Flughafen fuhren, die Hand der Mutter sie umklammert hielt und durch alle Formalitäten des Eincheckens zerrte, und als sie schließlich die riesengroße, dröhnende AUA-Maschine bestiegen, da hatte auch Anna sich bereits zu fürchten begonnen.

Sorgsam angeschnallt saß sie am Fensterplatz, als die Mutter neben ihr einen tiefen Atemzug ausstieß und sich ihrem Schicksal zu ergeben schien. Eine hübsche, junge Stewardeß sorgte sich sofort liebenswürdig um sie beide, brachte für Anna ein Bilderbuch und Bonbons, und sie schien vor dem Fliegen nicht die geringste Angst zu haben. Das beruhigte Mutter und Kind. Dicht nebeneinander erlebten sie gemeinsam ihren ersten Flug, und er wurde schließlich auch für beide ein ›richtiges Erlebnis‹.

Sie flogen nach Athen.

Es war ein wolkenloser Sommertag, die Mutter beugte sich zu Anna hin, sie schauten Wange an Wange aus der Luke auf die Welt hinunter und bewunderten sie.

Auch gab es einen Imbiß, der beide entzückte, die Mutter trank Wein, Anna bekam Limonade, sie wurden bester Laune, und der Flug verging ihnen viel zu rasch. Mit Staunen erlebten sie den Anflug auf Athen, jetzt bereits beide furchtlos und nur noch begeistert.

Der Vater erwartete sie am Flughafen. »Sogar einmal pünktlich«, stellte die Mutter leise fest, als sie ihn unter den Wartenden erblickte. Anna näherte sich ihm, als sähe sie ihn neu. Also der Mann dort, der die Hand hob und winkte, war ihr Vater. Eindeutig ihr Vater. Kleiner gewachsen als die Umstehenden, kräftig gebaut, sonnengebräunt, mit verschwitztem Lockenkopf und erstaunlich weichen braunen Augen, so grinste er ihnen aus der Menschenmenge entgegen. Aber als sie ihm schließlich gegenübertraten, wandelte sich sein Grinsen zu einem Lächeln. Und dieses Lächeln ihres Vaters hatte allen Charme, alle Schönheit der Welt.

Da beschloß Anna, ihn zu lieben.

Sie übernachteten gemeinsam in Athen, im luxuriösesten Hotel der Stadt, dem ›King George‹. Die Eltern schliefen im riesigen Doppelbett, Anna im Nebenraum der Suite auf einem bequemen Sofa.

Aber zuvor aßen sie noch auf der Dachterrasse des Hotels zu Abend. Die laue Nacht umgab sie, und seltsame, griechische Speisen wurden ihnen serviert, von denen Anna zögernd und nur wenig aß. Die Mutter wies auf eine Anzahl von uralten, steinernen Säulen hin, die hell beleuchtet über der Stadt thronten, und erklärte Anna, daß dies ›die Akropolis‹ sei, ein jahrtausendealter Tempel, und sehr, sehr berühmt. Dann unterhielt sie sich wieder mit dem Vater, der kräftig dem Wein zusprach.

Anna wurde müde, es war bereits viel zu spät für sie, aber sie versuchte die Augen offenzuhalten, um diese Gemeinsamkeit mit Vater und Mutter auszukosten. Die beiden schienen sich erstaunlich gut zu verstehen, der Vater sprach laut, gestikulierte viel, einmal zwickte er die Mutter in die Wange, die aber lachte darüber und sah glücklich aus, etwas, das Anna selten an ihr beobachten konnte.

Als man dann endlich die Suite aufsuchte und die kleine Tochter schlafen gelegt worden war, hörte sie nebenan auf dem großen Bett die Eltern noch eine Weile lang herumrumoren. Sie hörte seltsame Geräusche, die aber von leisem Lachen durchsetzt waren, ein Schnaufen, als würden die zwei wie Kinder miteinander balgen, es waren Laute, die nichts Bedrohliches an sich hatten.

Da fielen Anna ganz rasch die Augen zu.

Der Morgen bestand nur aus Licht und Sonne. Nachdem ein Tisch mit dem Frühstück hereingerollt worden war, Anna von der Mutter Kakao und gute, große Kipferln vorgesetzt bekam, die ›Croissants‹ hießen, die Eltern rasch ihren Kaffee schlürften, der Vater zur Eile drängte, sie kurz darauf mit ihrem Gepäck in ein Taxi kletterten und dieses in halsbrecherischer Fahrt durch die sonnenheiße Stadt sauste, erreichten sie gerade noch rechtzeitig den Hafen von Piräus. Hastig stolperten sie als die letzten drei Gäste in den Bauch einer großen Fähre, die sie zur Insel Mykonos bringen sollte. Hinter ihnen schloß sich sofort die große Heckklappe, und mit donnernden Motoren legte das Schiff vom Ufer ab.

Oben am Deck atmeten sie aus. Anna saß dicht neben der Mutter, die den Arm um sie gelegt hatte. Beide schauten sie über dieses Meer, in das sie hinausfuhren. Tiefblau war es. Fast dunkel vor Bläue.

Auf der Insel bewohnten sie ein weißgekalktes Haus, das in die felsige Küste hineingebaut war. Die Terrasse schien direkt in das Meeresblau hinauszuragen, in der Tiefe war das Anbranden der Wogen zu hören. Dort unten aber mischte sich immer wieder blutiges Rot in das Wasser, und man vernahm die Todesschreie von Schweinen, die auf dem schmalen felsigen Uferstreifen geschlachtet wurden.

»Hört nicht hin«, sagte der Vater, »so ist das eben.«

Und er erzählte Anna davon, daß er selbst als junger Bursche Schweine schlachten mußte. Nach dem Krieg sei er bei einem Bauern in Anif bei Salzburg eine Weile Knecht gewesen, ehe er später in Wien die Kunstakademie besuchen konnte. Und er hätte sich bemüht, ja sogar eine eigene Methode entwickelt, die Tiere so zu schlachten, daß sie möglichst wenig Angst und Schmerz erleiden mußten.

»Die Griechen da unten machen es scheußlich, wirklich, hör einfach nicht hin!«

Anna aber sah dem Vater an, daß er selbst unter den Schreien der Tiere litt, obwohl er es abzutun versuchte. Sie sah es genau, und das stärkte ihre in Athen erwachte Zuneigung zu diesem Mann, der ihr Vater war. Sie würde ihr Leben lang unter seiner rauhen, oft brutal abweisenden Schale Empfindsamkeit und ein weiches Herz, in seiner Derbheit und Aggressivität die Schutzhaltung eines allzu leicht Verletzbaren vermuten.

Wer aber hier auf Mykonos Annas Einschätzung nicht teilen konnte, war die Mutter. Auch das sah Anna bald. Sie beide blieben viel allein in dem weißen Haus auf der Klippe, sie hörten das Meer rauschen und die Tiere schreien, sie sahen nachts von der Terrasse aus einen prangenden Sternenhimmel, ehe die Mutter Anna zu Bett brachte und allein wieder hinausging, um ihren Mann vergeblich zu erwarten. Oft heulte der Wind um dieses Haus, und selten kam der Vater vorbei, um mit ihnen beiden zusammenzusein.

Statt aber trotzdem mit ihrer kleinen Tochter zu spielen, zu lachen, die Urlaubstage am Meer zu genießen, blieb die Mutter dieser Trauer, sich vom Mann verlassen zu fühlen, unterworfen. Sie tat ihre Pflicht dem Kind gegenüber, aber Anna sah die traurigen Augen, den abwesenden Blick der Mutter, und Verlassensein überkam auch sie.

Der Vater hatte wohl in der Zeit, als er allein hier gewesen war, Freundschaften geschlossen,

Liebschaften geknüpft, die er jetzt nicht beenden, aber auch nicht vorzeigen wollte. Während dieser Sommertage auf Mykonos erlebte das kleine Mädchen immer wieder eine um Fassung ringende, mit Tränen kämpfende Mutter, die so zu tun versuchte, als wäre sie fröhlich.

Ab und zu aber wurden sie denn doch vom Vater an irgendeinen Strand gebracht, er wollte damit sein schlechtes Gewissen beruhigen und Urlaubsstimmung vermitteln. Das ging jedoch nicht so recht auf. Denn eines Nachmittags mußte Anna voll Entsetzen und Scham zusehen, wie vor ihren Augen ein Motorboot den Vater auf Wasserschiern rasend schnell über die Meeresfläche zog. Wild nach allen Seiten gebeutelt, wurde er einem Kasperl im Kasperltheater ähnlich. Die Strandbesucher rundum wurden aufmerksam und lachten. Sein gedrungener, muskulöser Körper hielt mit aller Kraft stand, aber der Sturz schien unvermeidlich. Anna schrie vor Angst um ihn laut auf, sie weinte bittere Tränen, und war von der Mutter kaum zu beruhigen.

Dem Vater gelang es zwar, nicht ins Meer zu stürzen, er konnte die Fahrt halbwegs elegant in Ufernähe beenden, aber seine Tochter blieb untröstlich. Die spottenden Badegäste, die ausgestandene Angst hatten Anna das Strandleben vorläufig verleidet. Lieber wanderte sie nahe dem Haus an der Hand der Mutter den Pfad oberhalb der Klippen entlang, das tiefblaue Meer zu Füßen. Und sie mochte es, mit den Eltern ein Restaurant zu besuchen und griechische Musik zu hören, etwas, das leider nicht oft geschah.

Nur einmal fuhren sie gemeinsam mit einem Taxi zu einem ganz anderen, ganz leeren, weiten Strand. Ein einziges Haus stand da, bewohnt von einem Ehepaar und einem blonden, braungebrannten Mann. Und zwei Kinder spielten am Ufer. Die Erwachsenen saßen beim Haus im Schatten eines hölzernen Vordachs und plauderten. Und Anna näherte sich den Kindern, abwartend und vorsichtig. Die aber kamen ihr freundlich entgegen, vor allem das Mädchen, etwa in ihrem Alter. Der kleine Bub wirkte besonders klein und hatte ein besonders hübsches Gesicht.

»Ich heiße Anne«, sagte das Mädchen.

»Ich heiße Anna«, sagte Anna.

Anne war die Tochter des Schauspielers Heinz Bennent und sollte später ebenfalls Schauspielerin werden. Und auch ihr Bruder David sollte als Hauptdarsteller in dem Film »Die Blechtrommel«, nach Günther Grass, zu einem frühen Triumph gelangen. Damals suchte Anna mit den beiden nach Muscheln und Steinen in den Uferwellen des griechischen Meeres, die zwei kleinen Mädchen und der Junge kauerten einträchtig nebeneinander und fanden im Spiel ganz rasch den selbstverständlichen Kontakt kluger Kinder.

Irgendwann riefen die Erwachsenen nach ihnen. Die Sonne stand schon tief, und es war beschlossen worden, ein nahes Restaurant zu besuchen und gemeinsam eine Abendmahlzeit einzunehmen. Das Lokal lag nicht weit von dem großen Strand entfernt, zu Fuß wanderte man dorthin. Die einfachen, blaugestrichenen Holztische standen unter einer Pergola aus Weinlaub, und aus dem ebenerdigen, weißgekalkten Haus wurden bald reichlich Speisen herbeigetragen, eine vollgefüllte Schüssel aus gebranntem Ton nach der anderen. Anna saß zwischen ihren Eltern. »Unbedingt Retsina!« brüllte ihr Vater. Für die Erwachsenen wurde also zum Essen Wein bestellt, und sie tranken recht heftig davon. Den Kindern belud man die Teller, ließ ihnen Limonade servieren, aber im übrigen kümmerte man sich wenig um sie, die Gespräche der Großen beherrschten den Tisch.

Vor allem die Mutter, neben der zur anderen Seite hin der braungebrannte, blonde Mann saß, wandte sich Anna kaum noch zu. Es schien zwischen den beiden etwas erörtert zu werden, das ihre ganze Aufmerksamkeit an sich riß. Helmut hieß dieser Mann, das bekam Anna mit. Aber auch sein unverhohlenes Interesse an der Mutter. Seine sehr blauen Augen schienen sie während des Gesprächs eindringlich zu mustern, und der kleinen Tochter entging es nicht, daß diese seltsam rosige Wangen bekam.

Da jedoch der Vater neben ihr vergnügt sprach und trank und mit der Ehefrau des anderen Mannes schäkerte, ohne sich um seine eigene zu kümmern, saß auch Anna frohgemut zwischen ihren Eltern, von kindlicher Freude erfüllt, daß solches einmal so friedlich der Fall sein konnte. Selten hatte sie ja beide so unbelastet nah.

Nur einmal beugte sich der Vater zu ihr herunter. »Wunder dich nicht«, sagte er, »des sind alles Schauspieler, deshalb reden's so viel Blödsinn. Und so laut.«

Es wurde spät an diesem Abend, man tafelte bis in die Nacht. Windlichter wurden von den Wirtsleuten aufgestellt, und auch nach der üppigen Mahlzeit trug man unermüdlich Weinflaschen, Käse, Süßspeisen herbei, der Tisch füllte sich immer wieder. Während die Erwachsenen, schließlich ziemlich angetrunken, weiterhin viel und laut lachten und diskutierten, begannen die drei Kinder zu gähnen und allmählich müde zu werden. Der kleine David schlief sogar auf dem Schoß seiner Mutter ein.

Nach einem späten, weinseligen Abschied wurde wieder ein Taxi gerufen, auch der Vater stieg ein und brachte Frau und Tochter zum Haus auf den Klippen zurück. Dort aber ließ er die zwei aussteigen und wünschte ihnen eine gute Nacht. »Ich muß noch wohin«, hörte Anna ihn sagen, dann einen Einspruch der Mutter, der rauhen Tones mit »Komm, sei jetzt g'scheit und mach keine Szene« beantwortet wurde. Der Vater warf die Wagentür zu, gab dem Taxifahrer eine Anweisung, und fuhr wieder davon. Daß die Mutter in Tränen ausbrach, war diesmal nicht zu verbergen, weinend betrat sie mit Anna das Haus. Es dauerte, bis sie sich fassen konnte. Schluchzend saß sie auf dem Bett, und das Kind stand schweigsam und aufrecht neben ihr. Wie ein kleiner Soldat stand es da und verstand das Elend der Mutter besser, als diese es wußte.

Aber am nächsten Morgen hing die Terrasse wieder blendend weiß über dem tiefblauen griechischen Meer, und auch der Vater kam wieder vorbei.

Man traf die Bennents nochmals im Dorf Mykonos. Gemeinsam aß man vor einer Taverne am Hafen zu Mittag. Und auch der braungebrannte Blonde war wieder dabei und führte wieder ein angeregtes Gespräch mit der Mutter.

»Also ich telegrafiere ihm jetzt, ja?« hörte Anna ihn sagen. Dann verschwand er im nahe gelegenen, winzigen Postamt des Dorfes, und die Mutter blickte ihm versonnen hinterher.

»Das ist ein berühmter Schauspieler, weißt du«, sagte sie zur kleinen Tochter, »der will, daß ich mit ihm im Fernsehen spiele. Eine ganz große Rolle. Oder er tut nur so, ich weiß es nicht.« Sie legte ihren Arm um Anna. »Er hat zwar gesagt, er schickt jetzt ein Telegramm an den Regisseur nach Berlin – aber wer weiß, ob's stimmt. Man sagt schnell etwas.«

Da mischte sich der Vater ein, der wie immer, obwohl er völlig abgelenkt wirkte, alles mitverfolgt hatte. Er beugte sich nah zur Mutter und sagte grinsend: »Der will halt mit dir titschkerln!« Anna verstand nicht, was der Vater damit gemeint hatte, aber sie verstand, daß es etwas war, das die Mutter verärgerte. Sie verstand die Blicke und Gesten, verstand Abwehr und Uneinigkeit. »Du immer«, sagte die Mutter, »nicht jeder ist so wie du.«

Aber als der Blonde aus dem Postamt zurück an den Tisch kam, wirkte sie ihm gegenüber nicht mehr so aufgeschlossen wie zuvor. Etwas Düsteres hatte sich über die Mutter gelegt, etwas, als sei sie enttäuscht worden und müsse auf der Hut sein. Das Kind Anna nahm es wahr. Aber der Schauspieler wohl nicht, denn er blieb weiterhin lebhaft. Das Telegramm sei losgeschickt, sagte er, und der Regisseur würde sich sicher bald in Wien bei ihr melden. Die Mutter nickte, lächelte mühsam, und der Vater tat wieder so, als hörte er nicht hin. Er schäkerte mit Frau Bennent und trank viel zu viel Wein.

Die weiteren paar Tage auf Mykonos verliefen unverändert, man sah die Schauspielerfamilie nicht wieder, auch den Blonden nicht mehr, der Vater war weiterhin meist allein unterwegs, übernachtete jedoch auch manchmal im Haus auf den Klippen. Anna liebte es, wenn sie nebenan beide Eltern friedlich und ohne lautes Streiten zu Bett wußte, wenn nur leises Gespräch, Lachen und andere vergnügliche Geräusche zu ihr drangen, wenn der Vater nicht betrunken war und die Mutter nicht weinte. Dann war alles gut.

Mit Anna allein geblieben, schlenderte die Mutter jetzt ab und zu ins Dorf hinunter und stöberte in Boutiquen herum, die für Touristen griechische Folklore anboten. Trotz der Sommerhitze kaufte sie derb gestrickte Pullover in grellem Rosa oder Orange, auch seltsame Halsketten erstand sie, aus schweren gelben oder türkisblauen Kugeln, alles was Farbe hatte, schien sie zu verlocken. Sogar eine uralte, ärmellose Jacke aus grobgewirktem Leinen, mit schwarzen und grellbunten Borten eingefaßt, entdeckte sie in einem Laden. Sirtaki-Tänzer hätten ehemals dergleichen getragen, und es wurde für den Rest des Aufenthalts Mutters Lieblingskleidungsstück. Anna staunte, sie verstand diese modische Variante nicht ganz. Aber: »Schön, was?« fragte die Mutter. Da nickte sie. Und ließ sich ebenfalls ein ›typisch griechisches‹ Hemdchen überziehen, handgewebt, etwas rauh, eher unbequem zu tragen, sie sei so hübsch damit, meinte die Mutter. Und Anna trug das komische Hemd, sie war ja froh, wenn die Mutter etwas hübsch finden konnte, wenn die Mutter sich an ihr erfreute. Wenn sie mit der Mutter sein konnte.

Bei der Rückreise war der Vater zwar auf dem Fährschiff noch an der Seite von Frau und Kind, er brachte sie in Athen auch mit einem Taxi zum Flughafen, blieb aber selbst noch. Oder reiste vielleicht von Griechenland aus weiter, flog vielleicht auf die Philippinen, oder in die Sowjetunion, oder nach Amerika. Auf geheimnisvolle, nicht zu verfolgende Weise war er stets irgendwo auf Erden unterwegs, und tauchte irgendwann plötzlich und wie aus dem Nichts überraschend wieder auf.

Älter geworden, erfuhr Anna von der Mutter sogar, daß der Vater mehrmals vorgegeben hatte, nur kurz die Wohnung zu verlassen, dann aber ohne irgendeine Nachricht mehrere Tage ausblieb, und sie lange Zeit nichts von ihm hörte. Daß er einmal mit einer gewissen AUA-Maschine nach Moskau fliegen wollte, die dann knapp vor Moskau abgestürzt sei, und sie ihren Mann bereits für tot halten mußte, als der sich fröhlich am Telefon meldete, mit »I leb no!«. Er hätte irgendwo in Wien verschlafen und sei mit dem nächsten Flugzeug, in dem bereits die Särge für die Absturzopfer transportiert wurden, nach Moskau gelangt.

Beim Abschied am Athener Flughafen erkannte Anna an der Schweigsamkeit der Mutter und den derben, etwas zu lauten Scherzen des Vaters, daß es wohl auch oder gerade deswegen unausgesprochene Fragen und verheimlichtes Leid gab.

Sie kamen nach den Urlaubstagen auf Mykonos in die dunkle Stadtwohnung zurück, für Anna ein bedrückender Gegensatz zum Licht über dem griechischen Meer. Aber der Spätsommer bot auch in Wien noch Wärme und Sonne, und wann immer es möglich war, besuchten sie die ländliche Behausung in Wolfpassing, und sie spielte wieder mit den Kindern auf der Dorfstraße. Nur mußte die Mutter mangels einer Kinderfrau in dieser Zeit für Anna weitgehend die Hilfe der Großmütter in Anspruch nehmen, und Omaliese, die ihrem Salzburger Leben deswegen oft auf längere Zeit den Rükken kehrte, erwies sich schnell als leidenschaftliche Betreuerin des Kindes. Zwischen ihr und Anna entstand eine liebevolle, tiefe Beziehung, die sich nie mehr verlieren sollte. Und auch Rodtraut, die um vieles jüngere Schwester des Vaters, die Omaliese oft begleitete, wurde, obwohl eigentlich ihre Tante, mehr und mehr Annas Freundin.

Als es allmählich Herbst wurde, trat etwas Unerwartetes ein, das auch Annas Leben drastisch verändern sollte. Dieser Regisseur in Berlin, an den der blonde Helmut angeblich aus Mykonos ein Telegramm gesandt haben sollte, schien ein solches auch wirklich erhalten zu haben. Der Schauspieler hatte also nicht herumgeflunkert, sondern die Sache ernst gemeint. Die Mutter erhielt jedenfalls von Helmut Käutner, einem anerkannten und berühmten Mann des Films, die Einladung, nach Berlin zu fliegen und ihn dort in seinem Privathaus zu besuchen, er wolle sie gern kennenlernen. Wie eine Bombe schlug das in den Lebensablauf der Mutter ein. Sie versuchte, Anna die Empfindungen von Freude, aber auch Anspannung, welche diese in jedem Fall ehrenhafte Aufforderung in ihr auslöste, nicht zu verhehlen. Sie erklärte ihr möglichst genau, warum sie einer beruflichen Chance wegen jetzt unbedingt nach Berlin reisen müsse, während Omaliese in der Weyrgasse wohnen bleiben und auf ihre Enkelin schauen würde.

Was Anna dann, nicht von der Mutter weichend, mitbekam, war ungeduldiges Telefonieren, hysterisches Kofferpacken, waren die hektischen Vorbereitungen auf diese rasche, alle anderen Pläne durchkreuzende Abreise, und sie hatte das Gefühl, daß die Mutter nicht nur verreisen, sondern weit, weit weg von ihr geraten würde. Sie empfand ›Berlin‹ als den Namen einer unendlich entfernten, ganz anderen Welt.

Die Mutter blieb zwar nicht allzu lange aus, kam jedoch verändert zurück. Irgendwie aus sich heraus leuchtend, aufrechter, ja, erhobenen Hauptes betrat sie heimkehrend die Wiener Wohnung. Und wieder einmal verhielt sie sich so, als spräche sie zu einer Erwachsenen, als sie ihr Hochgefühl der kleinen Tochter zu vermitteln versuchte. Sie saßen nebeneinander am Tisch in der großen, alten Küche, und die Mutter schwärmte.

»Der Käutner war so liebenswürdig, Anna! Er ist ein wirklicher Herr, sag' ich dir, schon älter, nobel, aber auch lustig, humorvoll, und ich werde in seinem Fernsehfilm also wirklich eine Hauptrolle spielen, stell dir das vor! In zwei Teilen wird der Film gesendet werden, und ich bin die ganze Zeit drin, man wird mich an beiden Abenden sehen können!«

Anna sah die Mutter an und lauschte aufmerksam.

»Und so ein schöner Stoff, weißt du, das Drehbuch ist nach einem Roman von Guy de Maupassant verfaßt, das war ein berühmter französischer Schriftsteller im vorigen Jahrhundert. Ich spiele die Madeleine Forestier, so heißt meine Rolle, und der Roman heißt ›Bel Ami‹, also auf Deutsch ›Schöner Freund‹ – ja, und den Bel Ami – also die Hauptrolle – spielt dieser Schauspieler – du weißt, der, den wir auf Mykonos getroffen haben –«.

Und Anna wußte. Erinnerte sich genau an die Blicke und an die rosigen Wangen der Mutter, an ihr Versunkensein in das Gespräch mit dem blonden, braungebrannten Mann.

»In Stuttgart wird der Film gedreht werden, in den Fernsehstudios dort. Anfang nächsten Sommer, da werde ich kaum Urlaub vom Theater brauchen, das geht sich gut aus. Stuttgart ist eine Stadt in Deutschland. Da werden wir wohl länger bleiben.«

»Ihr?« fragte Omaliese, die gegenüber saß und bisher nur zugehört hatte.

»Ja, wir, Anna und ich. Meine Mutti will uns begleiten und auf sie aufpassen, wenn ich drehe.«

»Und was sagt der Udo dazu?«

»Der findet's gut«, sagte die Mutter, »ich soll

in Stuttgart für die zwei Monate eine Wohnung mieten, meint er.«

»Recht hat er, so kann er euch ja jederzeit besuchen kommen!« rief Omaliese.

Da schwieg die Mutter.

Anna beobachtete die beiden Frauen. Sie hatte früh gelernt, lieber zu beobachten, als sich unbefangen kindlich einzumengen. Wohl wegen der zwar unterschiedlichen, jedoch bei beiden Eltern stets wie auf der Lauer liegenden Unberechenbarkeit, diesem Mangel an schlichtem Familiensinn. Jedenfalls fiel der prüfenden Wahrnehmung des Kindes Omalieses heller Satz und das dunkle Schweigen der Mutter auf. Und es fühlte, daß da irgendetwas Neues vor der Tür stand.

Noch aber zogen ein paar Monate in gewohnter Weise vorbei. Es wurde Winter. Anna verbrachte immer wieder Zeit in Salzburg, bei Omaliese und Opa Rudi. Die Mutter spielte viele Vorstellungen am Theater, Weihnachten wurde wieder bei Omi und Opi in Floridsdorf begangen. Und im Frühling bezog man wieder das ländliche Domizil in Wolfpassing, auch da von Großeltern begleitet.

Weitgehend waren es also die Großeltern, die in dieser Zeit um Anna waren, und es ging ihr gut dabei, man liebte und verwöhnte sie. Der Vater tauchte nur selten auf, die Mutter hingegen gesellte sich hinzu, wann immer sie konnte. Sie wirkte aber meist müde, wenn sie kam, von den Entäußerungen am Theater ausgelaugt, sie überließ die häuslichen Tätigkeiten anderen helfenden Händen, schlief viel und versuchte auszuruhen. Wenig gab sie sich mit ihrer Tochter ab, und wenn doch, hatte das kaum mit Kinderspielen zu tun, sie führte ernsthafte Gespräche mit dem Kind. Anna hörte stets aufmerksam zu. Aber lieber wäre es ihr wohl gewesen, in den Arm genommen zu werden, und dort Nähe, Berührung und Wärme zu spüren. Das schien jedoch der Mutter, die einen Beruf ausübte, der so sehr mit Körpernähe und Sinnlichkeit zu tun hatte, im Privaten schwerzufallen.

Sie hatte also beschlossen, Anna zu den Dreharbeiten nach Stuttgart mitzunehmen, und ihre eigene Mutter, die Omi, war bereit, mit ihnen dorthin aufzubrechen und sich zwei Monate lang ausschließlich ihrer Enkeltochter zu widmen. Es gab davor schon kurze Reisen der Mutter in diese fremde deutsche Stadt, um eine Wohnung anzumieten. Sie erzählte Anna davon, wie hübsch die sein würde, auf einer Anhöhe gelegen, mit Blick über die Häuser und Straßen in der Tiefe, und daß diese Stuttgarter Gegend ›Bobserwald‹ hieß, amüsierte sie beide. Aber noch verbrachte die Schauspielerin Tage und halbe Nächte in der fernen Welt des Theaters, Anna sah ihre Mutter nicht oft.

In Salzburg hingegen, in der auf behagliche Weise vollgestopften Wohnung, wenn das kleine

Mädchen in der Küche ihrer Omaliese und der geliebten Tante Rodtraut beim Gemüseschneiden, Rühren und Teigkneten zusah, liebte es umso mehr die häusliche, wärmende Welt einer Familie, die es daheim nicht besaß. Opa Rudi befand sich meist in seinem ›Arbeitszimmer‹, wie er das zum Ersticken mit Bücherwänden ausgekleidete Kabinett nannte, er schrieb, ordnete Fotos, und tat so, als wäre er immer noch der Journalist von ehedem. Darin bestärkt wurde er von einem seiner Söhne, von Annas Vater, der ihn diesbezüglich auf Trab hielt. Udo, alias ›Serge Kirchhofer‹, wie er sich als Designer nannte, ließ auch den alten Mann für diverse von ihm erdachte und mediales Aufsehen erregende Projekte Öffentlichkeitsarbeit übernehmen. Die Salzburger Großeltern waren ihrem Sohn Udo auf diesem Weg von Anfang an mit Begeisterung ergeben.

Omaliese, Tochter Rodtraut und die kleine Enkelin Anna hatten also achtungsvollen Respekt davor, daß Opa Rudi hinter der geschlossenen Tür vor sich hin werkelte, das Klappern seiner Schreibmaschine wurde zur traulichen Begleitmusik des Familienalltags. Zu den Mahlzeiten jedoch kamen meist alle im Wohnzimmer zusammen, man saß gemeinsam um den Tisch, ließ sich Köstlichkeiten schmecken, und der Gesprächsstoff ging nie aus. Omaliese stammte ja aus der Pfalz, und sie und Rodtraut sprachen zu Annas Belustigung oft im pfälzischen Dialekt, sie nannten es ›pälsisch babbeln‹, das

kleine Mädchen lachte sich schief dabei und er-
lernte diese Sprechweise sehr bald auch selbst.
Gern war es in der großelterlichen Wohnung
Teil eines innigen Miteinanders.

In Wien hingegen, wenn die Mutter Betreuung
für sie benötigte, war es weitgehend ihr Floridsdorfer Großvater – der Opi also –, mit dem Anna
viel Zeit verbrachte. Er war eine Wonne für das
Kind, weil er trotz seines Alters, oder gerade
deswegen, in sich selbst spielerisch Kindlichkeit
wachrufen konnte. Er wußte ganz einfach, was
Kindern Freude macht. Im Spitzer-Park, einem
ehemaligen Augelände in Nähe der großelterlichen Wohnung, oder auf den weiten Wiesen
des Inundationsgebietes an der Donau, fand
er für seine Enkelin Paradiese. In verwunsche-
nen Wäldern waren sie unterwegs, oder auf den
Weideflächen einer ›Prärie‹, wie sie in Wildwest-
filmen vorkam. Aus Ästen, die Opi sachkundig
auswählte und mit seinem Taschenmesser be-
arbeitete, wurden kunstvoll geschnitzte Spazier-
stöcke. Oder gar Trillerpfeifen, mit denen sie
den Dackel Maxi, fast immer Begleiter der beiden, zu bändigen versuchten. Der jedoch blieb
von diesen Pfiffen völlig unbeeindruckt, er lief
fröhlich und laut bellend den auf der Donauwiese weidenden Rinderherden entgegen, was
bei Großvater und Enkelin ein zweistimmi-
ges Gebrüll auslöste, Anna schrie sich dabei
lustvoll die Seele aus dem Leib. Und am Fluß-
ufer mußten sie den Hund sogar mehrmals aus

der Strömung ›retten‹, und Opi ließ auch daraus ein aufregendes, ja tollkühnes Geschehen werden.

Aber es gab Besinnlicheres, das die beiden ebenso verband. Anna hörte sehr gern zu, wenn Opi Gitarre spielte, und der spielte sehr gern auf seiner Gitarre. Seit Jugendtagen tat er es, ohne das Gitarrenspiel je wirklich erlernt zu haben, er war ein begabter Autodidakt. Sogar hatte er selbst einige Lieder komponiert und getextet. Omis leicht hämische Bemerkungen verstand Anna nicht so recht, sie hörte, wie kurz das Wort ›Nazi‹ fiel, und sah Omi dabei ihren Blick gen Himmel richten, ihr schien es nicht besonders zu gefallen, wenn Opi Gitarre spielte und dazu sang. Der aber war davon nicht zu erschüttern, er gab der Enkelin jederzeit ein kleines Privatkonzert, sang von der Wachau, vom blauen Donaustrom, von der Ruine Dürnstein, und den Refrain ›und Sonne mir im Herzen‹ fand Anna besonders schön. Oft saßen sie dabei auf dem Balkon der großelterlichen Wohnung, von Omi unverrückbar als ›die Terrasse‹ bezeichnet. Man hatte einen schönen Ausblick von dort oben, über die Dächer anderer Vorstadthäuser hinweg sah man Himmelsweite, und in der Tiefe den ausladenden Wipfel eines hohen Ahornbaumes, der zufällig noch nicht gefällt worden war.

Anna saß neben ihrem Opi, möglichst dicht saß sie bei ihm, seine Stimme und das Gitarrenspiel umhüllten sie, und da fühlte auch sie diese Sonne, richtig im Herzen war sie ihr, so, wie es in Opis Lied hieß.

Nach dem Urlaub in Griechenland sah Anna ihren Vater Udo nicht oft. Wenn er aber in ihrem Leben auftauchte, war immer irgend etwas los. Erstaunliches brachte er, schenkte Unerwartetes, sprach und lachte laut, warf Zeitpläne um, aß und trank, und verschwand wieder.

Das Trinken jedoch steigerte sich auf auffällige Weise und wurde auch für das Kind ersichtlich. Anna roch den Atem des Vaters, sah seine geröteten Augen, spürte seine Hand gröber als gewollt nach ihrer Mädchenschulter greifen, und nahm den angstvoll besorgten Blick der Mutter wahr. Die hatte jetzt auch allzu oft blaue Flecken und Blutergüsse, und sprach allzu oft und immer wieder von den Stürzen und Unfällen bei Theaterproben. Anna, die aus dem Elternschlafzimmer des Nachts ab und zu heftige Stimmen, einen Aufschrei, ein Poltern vernahm, ahnte, daß diese Verletzungen wohl mit dem Vater zu tun haben mußten, ähnlich, wie sie es schon einmal im Wolfpassinger Schloß erlebt hatte. Nur schienen diese ›Zwischenfälle‹ sich jetzt zu häufen.

Eines Tages kündigte sich in der Weyrgasse eine große Einladung an, ein Fest, eine glamouröse Party. Vom Morgen an wurde vorbereitet, und der Vater war Dirigent dieser Vorbereitungen.

Speisen und Getränke wurden geliefert, und eine Flut herrlichster Blumen. Unzählige vergoldete Stühlchen als Sitzgelegenheiten für die vielen Gäste schleppte man bis ins vierte Stockwerk hinauf. Die hohen Räume, mit ihren auberginefarbenen, weinroten und in dunklem Ocker gehaltenen Wänden, die man sonst nie nutzte, die meist still und unbelebt vor sich hin dämmerten, wurden für diesen Abend kerzenhell erleuchtet. Jedes Möbelstück, jede Türklinke, alles wurde auf Hochglanz poliert, ein Plattenspieler lief unentwegt und warf laute Musik durch die Wohnung.

Anna, von den Menschen, die herumeilten, oftmals ein wenig beiseite gedrängt, näherte sich trotzdem immer wieder diesem Treiben und beobachtete es begeistert.

»Da schaust, Anna, gell?« sagte der Vater, als er mit aufgekrempelten Hemdsärmeln und einem vollen Glas in der Hand einmal kurz neben ihr stehen blieb. »Wenn schon, denn schon! Heut lad' ma ganz Wien zu uns ein!« Er lachte zu ihr hinunter und kippte dann den Schnaps zur Gänze in seine Kehle. Daß es Alkohol war, konnte Anna riechen und am erschrokkenen Blick der Mutter erkennen, die gerade einen Stapel bunter Kissen an ihnen vorbeischleppte.

Als sie später Anna zu Bett brachte, trug sie jedoch bereits ein silbernes Kleid und glich einer Prinzessin. Ein Kleid ganz aus Silber, eng den Körper umhüllend, nur Arme und Beine waren frei. Als die Mutter sich an ihr Bett setzte, strich Anna vorsichtig darüber hin, erstaunt, daß sie nicht kaltes Metall berührte. »Ist nur eine Art Plastikhaut, fühlt sich aber an wie normaler Stoff«, sagte die Mutter, »ich trag das komische Kleid nur heute, fürs Fest. Es wird wohl recht laut zugehen, Anna, sicher die ganze Nacht lang, versuch bitte trotzdem zu schlafen. Ich lasse die kleine Lampe brennen, recht so? Und dein großer Hund paßt ja auf.«

Ein Kuß auf Annas Wange, die Bettdecke nochmals zurechtgerückt, und die silberne Prinzessin ging davon. Anna aber blieb wach und lauschte. Stimmen. Immer mehr Stimmen. Sie drangen näher oder verloren sich in den entfernteren Räumen. Ständig Musik. Gelächter. Schritte, manchmal auch in der Küche neben dem Kinderzimmer vernehmbar. Die ganze große Wohnung schien sich mit Menschen zu füllen, die gern laut waren, einander mit trunkenem Geplärre zu übertönen versuchten. Im nahen Badezimmer klirrten Flaschen gegeneinander, denn die Badewanne war mit dutzenden Champagnerflaschen gefüllt, die das mit Eisbrocken versetzte Wasser kühl halten sollte. Vor allem dieses Klirren, sobald Nachschub geholt wurde, und wenn dann beim Öffnen der Flaschen die Korken knallten wie Pistolenschüsse – das riß Anna immer wieder aus einem kurzen Schlummer.

Und irgendwann vernahm sie ein lautes Krachen. Es klang nach einem Möbelstück, das zusammenstürzte, außerdem zerbrach Glas. Anna ortete es von ihrem Bett aus im elterlichen Schlafzimmer. Dann hörte sie die Mutter schreien. Die laute, betrunkene Stimme des Vaters erwiderte. Ein paar Gäste brüllten dazwischen. Schritte näherten sich Annas Zimmer, das Silberkleid der Mutter leuchtete auf, als sie es betrat und rasch die Tür hinter sich schloß. Ebenso rasch schloß Anna ihre Augen. Und sie hörte die Mutter leise schluchzen. Mit dem Rücken von innen gegen die Tür gelehnt, weinte sie vor sich hin, schien im Kinderzimmer Zuflucht gesucht zu haben.

Als die Mutter sich dem Bett näherte, stellte Anna sich schlafend. Behutsam wurde die Decke geordnet, ihr über das Haar gestrichen, und die silberne Frau verließ sie wieder.

Am nächsten Tag glich die Wohnung einem Schlachtfeld. Die Partygäste hatten sich keineswegs zivilisiert verhalten, die Scherben zerbrochener Gläser und Weinlachen bedeckten die Parkettböden, auch Essensreste und leere Champagnerflaschen waren überall zu finden. Und Anna erlebte beim gemeinsamen Frühstück eine verweinte, bleiche, übermüdete Mutter, die sich bei ihr, dem Kind, laut beklagte. Sie hätte das eigene Schlafzimmer eigentlich als einen Raum des Rückzugs vom Rummel dieser Einladung aussparen wollen, es verschlossen gehalten und niemandem gezeigt. Einer von Vaters Freunden jedoch sei eingedrungen, wie,

wisse sie nicht, und weil er besoffen dagegen-
fiel, wäre ihr Toilettentisch, ein besonders kost-
bares, altes Möbelstück, mit allen Flakons und
Schminkutensilien umgestürzt und zu Bruch
gegangen, der ovale Spiegel, die Fläschchen
und Tiegel seien zerbrochen, sie fühle sich so,
als hätte man ihre Intimsphäre geschändet,
das vor der Welt ohnehin mühsam geheimge-
haltene Privatleben beschmutzt und totgetram-
pelt. Und wieder weinte die Mutter laut auf,
während sie für die kleine Tochter Kakao zube-
reitete. Anna hatte aufmerksam gelauscht und
versucht, das Ausmaß der Verzweiflung zu verstehen. Als der verkaterte und wüst aussehende
Vater hinzukam, gab es Streit zwischen den
Eltern, er brüllte, sie schluchzte, und das Kind
senkte den Kopf, als könne es dadurch unsicht-
bar werden.

Später kam die Haushaltshilfe mit einer Kollegin, die sie hinzugebeten hatte, und die Aufräumarbeiten wurden von den beiden Frauen
zügig in Angriff genommen.

Und ein alter Bekannter, der sogenannte
›Haustischler‹, erschien. Er war häufig Gast in
der Weyrgasse, da der Vater, wenn er betrunken
war, häufig etwas zerbrach oder zerschlug. Oft
saß dieser nette, ruhige, ältere Mann also mit
Anna am großen Küchentisch beim Mittagessen, zu dem man ihn, wenn er in der Wohnung
zu arbeiten hatte, stets einlud. Omaliese, wenn
zu Besuch, lernte ihn ebenfalls gut kennen. Die
beiden sprachen über Kriegserlebnisse, und sie

servierte bei seiner Anwesenheit gern Bratwurst mit Sauerkraut, da das seine Lieblingsspeise war. Fast war er Mitbewohner geworden.

Dieser Haustischler also wurde nach dem Streit der Eltern eilig herbeigerufen, er hämmerte und polierte sofort an Mutters Toilettentisch herum, ließ den Spiegel neu einschneiden, und hatte zwei, drei Tage gut bezahlt zu tun. Auch Omaliese war der Mutter aus Salzburg zu Hilfe geeilt, es gab natürlich Bratwurst mit Sauerkraut, und bald danach waren der Schaden und die Schändung wieder behoben. Aber nur, was das Möbel betraf.

Anna fühlte weiterhin die verletzte Seele ihrer Mutter, obwohl die so tat, als wäre all das, dieses monströse Fest, die besoffenen, rücksichtslosen Partygäste, das derbe Eindringen in ihr Privates, vergessen und vorbei. Ihre Klage, ihre Tränen, diese Verzweiflung, in die sie einem kleinen Mädchen ohne Einschränkung Einblick gewährt hatte, das konnte Anna nicht vergessen. Sie spürte das Auseinanderdriften ihrer Eltern.

Auch als der Vater, wieder nüchtern, blitzblank und nach Patschuli duftend, vorbeikam und vom großen Erfolg des Festes berichtete. »Des wird ma' sich merken!« rief er. »Waß't, Anna, die Leut' brauchen so was! Damit's net vergess'n, daß am Leben san!«

Und er hob seine kleine Tochter in die Luft und schüttelte sie kräftig, ehe er sie lachend wieder zu Boden gleiten ließ. Auch er war kein

Mann der Zärtlichkeiten. Aber seine Augen, deren sanftes Braun all seiner Derbheit widersprach, und dieses überaus gewinnende Lächeln, wenn er nicht gerade betrunken war, eroberten immer wieder Annas Herz. Sie hatte Angst vor ihrem Vater, er war ihr unheimlich. Aber gleichzeitig liebte sie ihn.

Wenn sie also, wie es gerade geschehen war, seine seltene Anwesenheit erfuhr, verbunden mit einer zwar ungestümen, aber doch körperlichen Berührung, wurde sie sofort zu ihres Vaters Kind. Jedoch ein Blick zur Mutter hin brachte das schnell wieder ins Wanken. Anna sah da eine Frau, die zu ihrem Mann betont Abstand hielt, seine euphorisch geäußerte Rückschau auf das Fest nicht nur nicht teilte, sondern die Lippen zusammenpreßte, als müsse sie verächtliche Worte krampfhaft zurückhalten. Ohne daß sie sprach, wurde ihr Widerspruch deutlich.

»Ist eh wieder okay, dein blöder Schminktisch«, sagte der Vater, dem das nicht entging. Dem nie etwas entging. Auch wenn er betrunken war. Er sah und fühlte stets präzise, was um ihn herum geschah. Weshalb er trotzdem so gefühllos, ja brutal handeln konnte, lag vielleicht schlicht daran, daß es ihm unerläßlich zu sein schien, sich als Mann zu gebärden.

»Es geht nicht um diesen Tisch«, antwortete die Mutter, »es geht ums ständige Besoffensein und einen Mangel an Diskretion der Menschen, die du um dich scharst.«

»Ui, die feine Dame!« spottete der Vater, »ich hoffe, deine feschen Schauspieler sind diskreter als unsereiner.«

»Laß mich bitte mit meinen Schauspielern in Ruhe!«

Anna stand verloren zwischen zwei Menschen, war deren gemeinsames Kind und konnte dennoch nicht Brücke werden, konnte Vater und Mutter nicht erreichen, nicht zueinanderführen, blieb einsam.

Schließlich wurde es Sommer, und der Tag des Aufbruchs nach Stuttgart nahte. Anna und Omi benötigten jeweils einen ausladenden Koffer, um für einige Wochen mit allem ausgerüstet zu sein. Am sparsamsten hatte die Mutter gepackt.

»Ich arbeite ja«, sagte sie, »werde beim Drehen ständig Kostüme tragen, privat brauche ich nicht so viel, denke ich. Es sind wunderschöne Kostüme, Anna! Alle aus der Zeit der Jahrhundertwende, du wirst es sehen, wenn wir Fotos machen oder du mich im Studio besuchst!«

Sie konnte ihrer Tochter begeistert von diesen Kostümen berichten, da sie ja einige Zeit davor schon zu Anproben nach Stuttgart beordert gewesen war.

»Ich weiß nur nicht, ob ich selbst dafür hübsch genug bin«, fügte sie leiser hinzu.

»Aber du bist doch hübsch«, sagte Anna.

»Na ja. So für den Hausgebrauch. Am Theater reicht es. Aber beim Film, da wollen sie solche Schönheiten wie meine Kolleginnen aus der Schauspielschule, die Marlies, oder die Senta. Ich war nie so schön wie die zwei.«

»Aber dem, der auf Mykonos das Telegramm geschickt hat, dem hast du doch gefallen.«

»Ja schon. Auch dem Käutner anscheinend. Aber ich fühle mich nicht so.«

Es war nicht so einfach, den Porsche mit allem Gepäck zu füllen, Anna befand sich schließlich eingekeilt zwischen Reisetaschen auf dem schmalen Rücksitz, vor ihr die lange Mähne der Mutter, die am Steuer saß, und daneben der blondierte, wohlfrisierte Kopf der Omi. Sie hatten sich mit beiderseitigen, liebevollen Ratschlägen vom Opi verabschiedet, Omaliese, Opa Rudi und Rodtraut gaben ihnen per Telefon gute Wünsche mit auf den Weg, und sogar der Vater erschien kurz vor der Abreise und drückte seiner Frau Geldscheine in die Hand. »Kann man immer brauchen«, sagte er, »macht's es gut.«

So verließen sie also die Wohnung in der Weyrgasse und ahnten nicht, daß sie nie wieder hierher zurückkehren sollten. Keiner ahnte es. Nur im Blick des Vaters lag eine Ungewißheit, ein Hinterherschauen, das er sonst in seinem Leben nicht zuließ. Man sah ihm hinterher, wenn er davonging. Frauen hinter sich zu lassen, wenn ihm danach war, das war er gewöhnt. Selbst zurückzubleiben, war ihm neu.

Auf den damals noch mäßig befahrenen Auto-
bahnen und Schnellstraßen ging es zügig dahin,
die Mutter fuhr rasant, der Motor dröhnte.
Einige Stunden waren sie unterwegs, es war ein
sonniger Frühsommertag, und Anna sah trotz
der Enge am Rücksitz durch das kleine Stück
Fenster neben sich viel unberührte Landschaft,
sah waldige Hügel, Felder und blühende Wiesen vorbeifliegen. Die beiden Frauen vor ihr
sprachen wenig, Omi schien ab und zu einzu-
nicken.

Am Mondsee fuhren sie von der Autobahn
ab und parkten im Ort gleich neben der Dorf-
kirche vor einem Restaurant. Es befand sich in
den ebenerdigen Räumlichkeiten des hiesigen
Schlosses.

»Hier essen während der Festspielzeit viele
prominente Leute, Filmstars und Musiker. Die
kommen aus Salzburg angefahren, ganz berühmt ist das Lokal«, erklärte die Mutter.

Gräfin Almeida, verarmte Aristokratin und
Chefin hier, eine ältere, stark geschminkte
Dame mit kohlschwarz gefärbtem Haar, schien
die junge Burgschauspielerin gut zu kennen.
Jedenfalls kam sie herbeigeeilt, und sie begrüßten einander herzlich. Zu Anna sagte sie: »Du
hast einen tollen Papa, weißt du das? Der ist oft
hier, man hat immer herrlich Spaß mit ihm!«

»Das kann ich mir vorstellen«, murmelte die
Omi.

Sie erhielten einen fein gedeckten Tisch im
Innenhof, es war warm genug, im Freien zu

speisen. Und das taten sie auch: speisen. Vorzügliches Essen wurde ihnen serviert, die Mutter schien Omi und Anna ein wenig verwöhnen zu wollen, um ihnen die lange Autofahrt zu versüßen.

Denn es wurde Abend, ehe sie Stuttgart erreichten.

Anna war schließlich zwischen den Koffern und Reisetaschen am Rücksitz fest eingeschlafen. Sie bekam nicht mit, daß man bei Dunkelheit irgendwann die Autobahn verließ und in die nächtliche Stadt einfuhr. Auch als die Mutter nach einer plötzlichen scharfen Kehrtwendung mit aufheulendem Motor in die Gasse einbog, die steil zum Haus am Hang hochführte, weckte sie das nicht auf. Erst als das Auto geparkt war und sein Dröhnen erlosch, als Mutter und Omi das Gepäck auszuladen begannen, wurde Anna wach und ließ sich schlaftrunken aus dem Wagen zerren.

Viele Treppen mußten bezwungen werden, ehe sie endlich völlig außer Atem zur Dachwohnung hinaufgelangten. Die Räume waren komfortabel eingerichtet, das sah man gleich, aber die späte Ankunft, das grelle Deckenlicht, die Müdigkeit ließ die beiden Frauen, die das Gepäck und ein müdes Mädchen hochgeschleppt hatten, den Anblick der Wohnung kaum kommentieren. Sie atmeten schwer und waren nur noch erschöpft.

Für Anna wurde rasch ein Bett ausgewählt

und bereitet. Man steckte sie nach einem kurzen Besuch des Badezimmers gleich in ihren Pyjama und legte sie schlafen. Sie würde das Zimmer mit Omi teilen, hieß es, aber vorläufig ließ man alle Türen geöffnet, nur eine kleine Nachttischlampe brannte. Anna hörte noch die nächtlichen Hantierungen, das Herumräumen, Murmeln und ab und zu Aufseufzen von Mutter und Großmutter. Das Lager mit den frisch überzogenen Kissen und Decken roch fremd, aber Anna schloß bald die Augen, und der Schlaf trug sie wieder davon.

Als Anna erwachte, war es taghell. Im Nebenbett sah sie den zerwühlten Haarschopf der Omi und hörte deren leises Schnarchen. Also verhielt sie sich ruhig und ließ ihren Blick schweifen. Helle Wände, wenige Möbel und ein großes Fenster voller Himmel sah sie. Nach einer Weile wurde die Zimmertür vorsichtig geöffnet und der Kopf der Mutter sichtbar.

»Ah, Anna, du bist ja schon wach –«, sagte sie leise. Auf Zehenspitzen kam sie ans Bett, setzte sich und beugte sich zu ihrer kleinen Tochter hinunter. »Ich muß jetzt schon weg, weißt du«, flüsterte sie, »beim Filmen fängt immer alles ganz früh an, auch heute schon, ich muß nämlich alle meine Kostüme nochmals anprobieren. Die Omi wird dann mit dir frühstücken, ja? Laß sie noch ein bisserl schlafen. Ihr macht euch sicher einen schönen Tag.« Die Mutter strich Anna übers Haar, küßte sie leicht auf die

Wange, stand vorsichtig auf und verließ, wieder auf Zehenspitzen, lautlos das Zimmer.

Und so sollte es an fast allen weiteren Tagen geschehen.

Die Mutter ging früh am Morgen zum Filmen, und Anna blieb mit ihrer Omi zurück. Die meist erst später erwachte, nach ausgiebigem Gähnen das Enkelkind etwas trübe anlächelte, sich schließlich aufrichtete und sich Mühe gab, gut gelaunt zu wirken.

Am ersten Morgen mußten sie zudem beide hinausgehen, um einen Lebensmittelladen zu suchen, in dem sie Brot, Milch, Eier, all das in diesen Tagen Benötigte einkaufen konnten. Sie läuteten einen Stock tiefer bei der Vermieterin, und die sagte ihnen, wohin sie sich wenden müßten. Und schon da fielen Großmutter und Enkelin die schmalen Treppchen, die vielen Stufen, all diese Stiegen auf, mit denen die Serpentinen der Autostraßen zum Wohle der Fußgänger verbunden waren. Befanden sie sich doch auf einem Steilhang, der sich von der Stadtmitte aus zu ihnen erhob. Die Omi wirkte völlig entkräftet, als sie endlich ihre Besorgungen erledigt und alles in die Dachwohnung hinaufgebracht hatten. »Was für eine Stiegerlstadt«, keuchte sie, und Anna lachte. Diese Bezeichnung Stuttgarts blieb für sie jedoch lebenslang bestimmend: Stuttgart, die Stiegerlstadt.

Schließlich saßen sie beim Frühstück, Sonne schien herein, der Blick aus den Fenstern war wunderbar, man sah über die ganze Stadt hinweg, Omis Laune besserte sich, und sie machte Anna tatsächlich, wie von der Mutter vorausgesagt, ›einen schönen Tag‹. Aber im Gegensatz zur Omaliese war Omi eine verhaltene, oft recht melancholische Frau, sie tat zwar pflichtbewußt alles, was für die kleine Enkelin nötig war, aber großmütterliche Hingabe fiel ihr schwer. Anna, auch hier eine kleine Erwachsene, versuchte also, sich recht folgsam und freundlich zu benehmen, damit ihnen beiden die Zeit des Zusammenseins leicht werde.

Sie kletterten Treppchen hinunter zu einem Parkgelände mit Kinderspielplatz, wo Anna auf Schaukeln hochschwingen und in Sandkisten wühlen konnte. Sie stiegen Treppchen aufwärts, um dann weite Laubwälder zu durchstreifen, die es oberhalb des Bobserwaldes damals auch wirklich noch gab. Die Omi bereitete mittags meist ein feines Essen zu, sie hielten beide regelmäßig ihren Nachmittagsschlaf, Omi las, Anna sah in Bilderbücher – und beide erwarteten jeden Abend sehnsüchtig die Heimkehr der Mutter.

Anfangs, wenn diese kam, schien sie zwar todmüde zu sein, aber auch voll der Eindrücke, die sie unbedingt erzählen wollte. Wie der Tag verlaufen war, was ihr gelungen sei, wie hilfreich der so nette Regisseur wäre. Sie saß mit Anna und Omi beisammen, und es sprudelte wild aus ihr, die Arbeit schien sie zu begeistern.

Allmählich aber wurde es immer später, ehe sie abends in die Dachwohnung zurückkam.

Sommerliches Schönwetter herrschte, und die Mutter beklagte, daß man sich tagsüber bei der Filmarbeit in Studios aufhalten mußte, die in die Tiefe eines Hügels hineingebaut waren, sich also ›unter Tag‹ befanden. Da ersehne man einen Himmel über sich und das Wehen von Luft, erklärte sie, und deshalb säßen, nach Drehschluß endlich den Katakomben entstiegen, die meisten Mitarbeiter in den jetzt doch so wunderbar lauen Sommerabenden gern noch eine Weile beisammen. Es gäbe ›oben‹ eine sogenannte Kantine, die sei aber geführt wie ein gutes Restaurant, mit einer Terrasse unter Parkbäumen, und man fordere sie immer auf, dort mit dem Team noch ein Glas Wein zu trinken, und schlecht könne sie das immer ablehnen.

»Mit dem Team?« fragte die Omi.

»Nun ja – mit Käutner natürlich – und Kameraleuten –«

»Und mit den anderen Schauspielern?«

»Klar, auch mit den anderen Schauspielern.«

»Ist der nett, der den Bel Ami spielt?«

»Ja, er ist nett.«

Anna, die nach der verspäteten Heimkehr der Mutter meist schon zu Abend gegessen hatte und nur noch im Nachthemdchen eine Weile bei den beiden Frauen saß, hörte aufmerksam zu. Das ein wenig Lauernde in Omis Fragen fiel ihr auf, und auch die leise Verlegenheit der Befragten. Etwas schien sich wieder anzukündigen, spürbar für das Kind.

Und alles veränderte sich plötzlich rapide. Es wurde zur Norm, daß die Schauspielerin fast immer erst spätabends oder gar tief in der Nacht heimkam, daß Anna schon vorher von der Großmutter schlafen gelegt wurde und ihre Mutter immer weniger zu Gesicht bekam.

Erhitzt stolperte sie tagsüber neben der schwer atmenden Omi über die unzähligen Stufen der Stiegerlstadt. Lustlos in einem Buch blätternd, saß die Großmutter auf einer Bank beim Spielplatz, während das Kind ebenso lustlos in der Sandkiste herumstocherte oder auf einer Schaukel hin und her schwang. Beide ruhten nachmittags in der Dachwohnung aus, die immer mehr Sommerhitze speicherte. Sie schwitzten, aßen ihre Mahlzeiten, schliefen, warteten. Und warteten meist vergeblich. Die Mutter huschte nur ab und zu vorbei, ein Kuß, ein paar Worte, doch Zeit für das Kind gab es nicht.

Nachdem sie in dieser Weise etwa zwei Wochen in Stuttgart durchgehalten hatte, schien es der Omi zu reichen. Sie setzte das kleine Mädchen vor sich hin.

»Wie wär's, Anna, wenn wir zwei wieder nach Wien zurückfahren?« fragte sie. »Zum Opi? Zur Donauwiese? Und die Mutti hier in Ruhe zu Ende arbeiten lassen? Würde dir das nicht besser gefallen, als hier in der Stiegerlstadt mit mir herumzuklettern?«

Anna fand es wirklich nicht sehr lustig, ausschließlich mit ihrer Großmutter, die schnell stöhnte und müde wurde, lange Tage in dieser fremden Stadt zu verbringen. Und mit dem Opi war es doch immer lustig! Also nickte sie.

»Na fein«, sagte die Omi.

In der Nacht wachte Anna auf, weil im Nebenzimmer ein erregtes Gespräch stattfand.

»Fühlt ihr euch denn so einsam?«

Diese Frage wurde von der Mutter derart herzzerreißend hervorgestoßen, daß Anna sie genau hörte. Die Antwort der Omi klang begütigend, nein, nein, überhaupt nicht, aber –

Anna lauschte. Sie vernahm Wortfetzen wie »– mehr der Arbeit widmen –«, »– Vati freut sich doch –«, »– aber Anna ist –«, »– vielleicht das Beste –«, »– doch in das Hotel –«, »– mehr bei deinen Kollegen –«

Die Frauenstimmen nebenan klangen immer gedämpfter zu ihr her, das Gespräch verlor hörbar die anfängliche Aufgeregtheit, schließlich war nur noch Gemurmel zu hören, und Anna schlief wieder ein.

Am nächsten Morgen jedoch wurde sie schon früh geweckt. Jemand streichelte ihre Wange, und als Anna verschlafen die Augen öffnete, sah sie, daß die Mutter am Bettrand saß und lächelnd ihre Hand zurückzog.

»Ich muß dich leider aufwecken, weil wir dir etwas sagen wollen, ehe ich ins Studio fahre«, sagte sie.

Die Omi, bereits wach, stand aufrecht hinter der Mutter.

»Du fährst doch gern wieder mit mir nach Wien zurück, nicht wahr?« ergriff sie jetzt das Wort.

Anna blinzelte zu beiden hoch.

»Es ist so«, fuhr die Mutter fort, »ich muß jetzt eilig zum Drehen, aber du und die Omi, ihr packt alles gemütlich wieder zusammen, und später bringe ich euch beide zum Bahnhof, ja? Ihr werdet ein Schlafwagenabteil haben, das wird dir gefallen! Und morgen seid ihr dann beim Opi. Ich hab gehört, daß du lieber bei ihnen in Wien wärst als hier in Stuttgart, und ich verstehe, daß euch langweilig geworden ist. Ich bin ja auch ständig nicht bei dir −«

»Das ist eben so, du mußt hier schließlich arbeiten!« fiel ihr die Omi ins Wort. »Nein, nein, die Anna und ich, wir machen es uns fein, sie kann mit Opi ins Angelibad oder auf die Donauwiese, wir werden daheim ordentlich den Sommer genießen, bis du auch wieder nach Wien zurückkommst! Hab ich recht, Anna?«

Und Anna widersprach nicht. Immer noch schlaftrunken, deutete sie sogar ein Nicken an. Da beugte die Mutter sich über sie.

»Ich bleibe ja gar nicht mehr so lange hier«, sagte sie leise, dem Gesicht des Kindes ganz nah, »du wirst sehen, Annele, wie schnell die Zeit vergeht, ein Hui, und wir sind in Wien wieder beisammen.« Und sie küßte Anna zärtlich auf beide Wangen.

Dann aber erhob sie sich rasch, umarmte im

Vorbeigehen kurz auch ihre Mutter und eilte zur Tür. Dort wandte sie sich nochmals um. »Also bis zum Abend, ich hole euch ab!« Ein flüchtiges Winken und sie verließ das Zimmer. Gleich darauf hörte man die Wohnungstür ins Schloß fallen.

»Und wir zwei frühstücken jetzt erst einmal richtig!« rief die Omi aus.

Dieser letzte Tag in Stuttgart verging schneller als alle Tage zuvor, da den ganzen Tag über Aufbruchsstimmung herrschte. Es wurde gepackt, abschiednehmend über all die Stiegen der Stiegerlstadt nochmals der Spielplatz besucht, nochmals zu Mittag gegessen, ein wenig geruht, und dann in Reisekleidung und ungeduldig die Mutter erwartet. Dem Kind gefiel diese Lebhaftigkeit, und daß es abends nicht ins Bett geschickt wurde, sondern aufbleiben durfte. Der Gedanke, daß dies ja bedeutete, die Mutter hier zurücklassen zu müssen, kam gegen all das Neue, Ungewöhnliche nicht auf. Außerdem wirkte Omis Vorfreude auf diese Reise ansteckend. »Wir haben ein eigenes Schlafwagencoupé!« schwärmte sie, »es ist herrlich, Schlafwagen zu fahren, du wirst sehen!«

Also begann Anna, sich auch darauf zu freuen.

Erst als sie im überfüllten Auto der Mutter zum Stuttgarter Bahnhof gelangt waren, dann das Gepäck zum abfahrbereiten Zug schleppen mußten, sie an der Hand der Großmutter vorwärts gezerrt wurde und rundum Geschrei und Lärm sie verwirrten, wurde Anna still. Sie verstand plötzlich, daß ihre Mutter ja unwiderruflich hier zurückbleiben würde. Und damit auch die zwar seltenen, aber innig durchplauderten Waldspaziergänge an ihrer Hand, der sanfte Abschiedskuß am frühen Morgen, ihre gelegentliche Anwesenheit bei häuslichen Mahlzeiten, und vor allem der Umstand, die Mutter in dieser Stuttgarter Dachwohnung, auch wenn das Filmen und nächtliches Ausbleiben überwogen, letztlich nah zu wissen.

Omi umklammerte Annas kleine Hand und sie hasteten der Mutter hinterher. Die eilte ihnen trotz der schweren Koffer, die sie trug, und trotz des Menschengetümmels im Eiltempo voraus, fand mit Spürsinn sofort den richtigen Waggon und drängte dann als erste mit dem Gepäck in das reservierte Abteil. Es schien plötzlich, als begäben sie sich zu dritt auf diese Reise. Auch als sie Omi half, die Koffer und Taschen zu verstauen, ihrer Tochter zeigte, wie man in das obere Bett klettern könne, und daß es im Schlafwagencoupé trotz der Enge sogar ein eigenes kleines Waschbecken und Handtücher gäbe – »schau, Anna, alles wie in einem winzigen Hotelzimmer!« –, war da weiterhin ihre Nähe, ihr Atem und die kurze Illusion, sie bliebe vielleicht doch bei ihnen.

Die zerstob jedoch blitzartig, als über Lautsprecher gellend laut die Abfahrt des Schnellzuges Stuttgart–Wien angekündigt wurde. Hastig umarmten sie einander. »Bis ganz bald«, flüsterte die Mutter, als sie das Kind an sich drückte. Und sie sprang gerade noch aus dem Waggon, als der Zug langsam anfuhr.

Anna stand auf Zehenspitzen am geöffneten Fenster und sah die winkende Frauengestalt auf dem beleuchteten Bahnsteig immer kleiner werden und dann hinter einer Biegung verschwinden. Sie fuhren in die Nacht hinaus, und Omi schloß das Fenster. Da fühlte Anna plötzlich Tränen aufsteigen. Sie lehnte ihr Gesicht gegen die kalte Scheibe, draußen sausten dunkle Umrisse und plötzlich aufzuckende Lichter vorbei, alles schien fern, düster und bedrohlich zu sein.

Bis eine Hand ihr leicht über das Haar strich. Es war die von Omi. Sie stand dicht hinter Anna, beide wurden sie vom mittlerweile dahinrasenden Zug hin und her gewiegt. »Sag mal, möchtest du vor dem Zähneputzen vielleicht noch ein Stück Schokolade haben?« fragte sie. Und Anna nickte.

Nachdem die Omi in ihrer Reisetasche herumgekramt hatte, bedeutete sie dem Kind, sich neben sie auf das schaukelnde Bett zu setzen. Von einer Tafel Schokolade brach sie zwei große Stücke ab, übergab eines Anna und nahm das andere selbst. Nebeneinander sitzend aßen sie, es knackte leise, wenn sie abbissen, und beide kauten selbstvergessen, während sie vor sich hin starrten.

»Der Opi freut sich schon auf dich«, sagte die Omi.

Anna, den Mund voller Schokolade, nickte. Ja, sie freue sich auch.

»Deine Mutti bleibt wirklich nicht mehr lang weg, glaub mir, die Zeit wird dir schnell vergehen, bis sie kommt.« Omis Blick wurde versonnen. »Sie hat so viel Neues zu erleben, weißt du. Zum ersten Mal dreht sie für das deutsche Fernsehen – sie war ja noch nie beruflich weg aus Wien – und dann – die neuen Kollegen –«

Zu Omis Versonnenheit gesellte sich ein leichtes Lächeln. Sie wandte sich Anna zu.

»Den einen Schauspieler kennst du ja, nicht wahr? Den habt ihr doch auf Mykonos kennengelernt?«

Anna, die gerade nochmals vom Schokoladenstück abgebissen hatte, nickte wieder mit vollem Mund.

»Der sieht fesch aus, oder?«

Anna nickte.

»Er ist sehr berühmt«, sagte die Omi, wickelte die verbliebene Schokolade wieder ein und verbarg sie in der Reisetasche. »Wie gut, daß sie endlich mit solchen Männern zu tun hat«, murmelte sie.

Diese letzte Bemerkung war wohl ungewollt geheimen mütterlichen Überlegungen entschlüpft, aber Anna hatte sie deutlich vernommen. In Griechenland hatte der Vater es ganz sicher nicht so gesehen. Daß es gut war, wenn die Mutter mit einem solchen Mann zu tun hatte. Er war zwar spöttisch und der anderen Frau am Tisch aufreizend zugewandt geblieben, aber Annas kindliches Empfinden hatte diese Welle einer seltsamen, fast bösen Abwehr stark wahrgenommen.

»Der berühmte Mann hat dem Dada aber nicht gut gefallen«, sagte Anna.

Die Omi stellte ihre Tasche zur Seite und musterte ihre Enkelin.

»Haben sie gestritten?« fragte sie dann.

Anna schüttelte den Kopf.

»Wie kommst du dann darauf?«

»Nur so.«

»Aha. Nur so.«

Sie saßen nebeneinander auf dem schmalen Bett, der Zug geriet in eine Kurve und drängte sie aneinander. Omis Blick blieb gedankenvoll in eine Ferne gerichtet, die ihr Sorge zu machen schien. Sie seufzte auf.

»Jetzt Zähneputzen«, befahl sie dann.

An der kleinen Waschmuschel aus Porzellan, mit einer vorbereiteten Karaffe Trinkwasser und einem Glas, das in einem Messingring steckte, wurde diese Prozedur vorgenommen. Anna putzte brav und spuckte brav aus. Ein nasser Waschlappen fuhr ihr über das Gesicht, Omi seifte ihr die Hände ein, spülte sie unter einem dünnen Wasserstrahl wieder ab und rieb die kleinen Finger derart energisch trocken, daß dem Kind ein »Au!« entfuhr. »Na, na«, kommentierte es die Omi nur. Im engen Schlafwagencoupé herrschten jetzt ihr heftiges Atmen und eifrige Betriebsamkeit.

Bis Anna endlich in ihrem Pyjama aus gepunktetem Frottee in das obere Bett hinaufklettern durfte, so, wie die Mutter es ihr gezeigt hatte, und unter die mit weißem Leinen bezogene Decke kroch.

Omis Kopf tauchte neben ihr auf. »Liegst du gut?«

»Ja«, antwortete Anna.

»Dann schlaf jetzt. Gute Nacht.«

Und Omis Kopf verschwand wieder.

Es war zu hören, wie sie unten im Abteil rumorte, ab und zu ein leises Aufstöhnen, Wasser plätscherte, der Duft von Eau de Cologne drang herauf. Der Zug raste durch die Nacht, ein sanfter Rhythmus wiegte die Waggons und Anna in den Schlaf.

Es war ein strahlender Sommermorgen, als das Ende der Bahnfahrt sich ankündigte. Nachdem Großmutter und Enkelin wieder in ihre Tageskleidung geschlüpft waren, im Abteil ein klägliches Frühstück eingenommen hatten, schauten sie aus dem Fenster und betrachteten aufmerksam das Vorbeiwehen waldiger Hügel, dann die ersten Häuser zwischen Gärten, und schließlich Straßen, Autos, weitläufige, große Gebäude. Wien empfing sie.

Am Westbahnhof wurden sie vom Opi abgeholt.

Rasch erspähte er die Ankömmlinge und

winkte ihnen schon von weitem zu, mit erhobenen Armen und leuchtenden Augen, ganz nach seiner Art. Er war ein rasch zu begeisternder Mann, stets bereit, sich an anderen Menschen zu erfreuen, und noch inbrünstiger strahlte er diese Freude aus, wenn es um seine Familie ging.

Anna lief auf ihn zu, er hob sie lachend in die Luft und wirbelte sie mehrmals im Kreis herum, bis er nach Atem ringen mußte und sie wieder absetzte. Omi stöhnte kurz auf. »Komm, Seff«, sagte sie streng, »laß jetzt das Kind, hilf uns lieber mit dem Gepäck!« Und Opi gehorchte. Er wandte sich sofort den Koffern und Taschen zu.

Anna kannte solche kleinen Dissonanzen und sie waren ihr vertraut. Zwischen den Großeltern schwebte stets eine Prise Gereiztheit, sie ging von Omi aus, und Opi war es, der sich fügte. Aber von beiden fühlte Anna sich gleichermaßen geliebt, und das war das Verbindende zwischen den Eheleuten, wenn sie mit ihnen zusammen war. Deshalb störte es die Enkelin nicht sonderlich, wenn ab und zu ein Geplänkel entstand.

Ohne zu murren, schleppte also der Opi die Koffer durch die Bahnhofshalle bis hin zur Straßenbahnstation. Omi hielt Annas kleine Hand fest in der ihren, während sie ihm folgten, und stöhnte ein wenig über ihre schwere Reisetasche, die sie ja selber auch noch tragen mußte. Als die Tramway endlich kam, ergatterte

sie einen Sitzplatz, sank mit einem Seufzer der
Erleichterung darauf nieder und zog das Kind
auf ihren Schoß. Opi stand neben ihnen und
bewachte das Gepäck. Anna schaute aus dem
Fenster oder beobachtete die anderen Fahr-
gäste. Sie liebte es, mit der Straßenbahn zu
fahren, gab es dabei doch so viel Interessantes
zu sehen, vor allem dichtgedrängt Leute, die
sie sonst nie zu Gesicht bekam. Mit den Eltern
bot sich diese Gelegenheit ja selten, die fuhren
ständig nur in ihren Autos herum, sie selbst
meist am Rücksitz oder vorne neben ihnen fest
angeschnallt und so tief unter dem Seitenfen-
ster, daß draußen wenig zu erspähen war.

Nach einigen Stationen mußten die Großeltern das Gepäck und die Enkelin wieder an
sich raffen und umsteigen, in die Linie 331,
die nach Floridsdorf führte. Das bedeutete,
die Donau zu überqueren. Und auf der großen
Brücke den breit dahinströmenden Fluß zu er-
blicken, bis hin zu der Hügellinie, von der Opi
ihr erklärt hatte, es sei ›der Kahlenberg‹, war
für Anna immer wieder ein seltenes Erlebnis.
Und an diesem Tag leuchtete die als blau be-
sungene Donau, die selten blau war, im Wider-
schein eines blauen Sommerhimmels sogar
wirklich in dieser Farbe auf.

»Schön, Anna, nicht wahr?« sagte die Omi,
»ich muß diesen Blick jetzt wirklich einmal
malen.«

Sie hatte in ihrer Jugend eine Kunstschule besucht und wollte eigentlich Künstlerin werden,

das hatte sie Anna schon mehrmals erzählt und dabei auf Aquarelle hingewiesen, die bei den Großeltern die Zimmerwände zierten und aus ihrer Hand stammten. Anna gefielen Omis Bilder. Sie sah darauf Bäume wie im Spitzer-Park, Gewässer wie auf der Donauwiese, Wolken wie vom Balkon aus. Sie sah all das gemalt, was ihr selbst auch gefiel. »Du malst schön«, hatte sie einmal gesagt, und sich gewundert, daß Omi deshalb feuchte Augen bekam und sie umarmte.

Die Wohnung in Floridsdorf empfing sie mit einem großen wilden Blumenstrauß, der mitten am runden Eßtisch prangte. Anna stand davor und bewunderte ihn. Omi hingegen schnaubte unwillig auf. »Einmal werden sie dich dabei erwischen, Seff!« sagte sie.

Ihr war die Herkunft dieser üppigen Begrüßung völlig klar. Sie wußte, daß der Wunsch, Frau und Enkelin zu überraschen, ihren Mann mit Sicherheit dazu bewogen hatte, in den nahe liegenden Schrebergärten alles abzubrechen und zu pflücken, was über Zäune und Hecken hinweg für ihn erreichbar war. Opi war ein äußerst sparsamer Mensch, in einem Blumenladen regulär einen Strauß zu kaufen, widerstrebte ihm, er strich lieber heimlich durch die Gärten und stahl. Das wußte sie.

»Bei was werden sie den Opi erwischen?« fragte Anna.

»Beim Blumenstehlen«, antwortete die Omi.

»Bist du ein Dieb?« Anna sah beunruhigt zu ihrem Großvater hoch.

»Ach was«, sagte der Opi, »ich pflücke ja nur die Zweige und Blumen am Wegrand, die, die keiner braucht. Also eigentlich die wilden. Sieht man doch, oder?«

Das verstand Anna. Sie pflückte selbst gern Blumen, und warum sollte der Opi das nicht auch tun, bei wilden Blumen irgendwo am Wegrand. Schön sah er aus, der Strauß am Eßtisch.

»Ja, sieht man doch«, sagte sie.

»Mach das nur ja nie gemeinsam mit dem Kind!« warnte Omi, ihre Augen blitzten Opi drohend an. »So, und jetzt laß uns auspacken. Ich muß mich dann ja schleunigst um unser Mittagessen kümmern, bist sicher schon hungrig, Anna, nicht wahr?«

So begann Annas Aufenthalt bei den Floridsdorfer Großeltern, und ahnungslos, wie Kinder in das Vergehen von Zeit hineingeraten, blieb sie dort, ohne zu wissen, wie lange es wohl währen würde. Wovon sie wußte, war die Abwesenheit der Mutter, und worauf sie wartete, war deren Rückkehr nach Wien. Manchmal gab es einen Anruf aus Stuttgart, das war an den angehobenen Stimmen der Großeltern sofort zu erkennen, und zuletzt übergab man dem Kind, das bereits erwartungsvoll danebenstand, den Telefonhörer. »Geht es Dir gut, mein Schatz? Ist alles in Ordnung?« fragte die Mutter, und Anna konnte nur »Ja« darauf sagen, denn es ging ihr ja gut, und in Ordnung war auch alles. Daß sie Sehnsucht nach der mütterlichen Nähe hatte, war in der Kürze dieses Austausches am Telefon nicht unterzubringen, und Anna hätte auch nicht gewußt, wie das zu sagen sei. Meist erzählte die Mutter ihr noch eilig ein wenig von den Tagen im Studio, daß sie Fotos mitbringen würde, auf denen ihre tollen Kostüme zu sehen seien, die Anna sicher gefallen würden, und daß sie ja ohnehin demnächst wieder nach Hause käme. »Ich schick dir einen Kuß, macht es euch schön, und bis bald!« Klick.

»Sie arbeitet hart, weißt du«, sagte die Omi, »jeden Tag muß sie drehen, aber sicher wird sie Erfolg damit haben, sie war ja immer schon so fleißig, schon in der Schule. Sei nicht traurig, Anna, die Tage vergehen schnell, wirst sehen!«

Und der Opi hatte sofort einen Vorschlag parat, vielleicht gemeinsam ein Speckbrot zur Jause? Und dann raus mit Dackel Maxi? Der müsse mal wieder ordentlich laufen, sei viel zu dick geworden. Ja, Anna? Also los!

Immer, wenn ein Gefühl der Verlassenheit Anna überkommen wollte, schenkte der alte Mann dem kleinen Mädchen seine spielerische Lebensfreude zurück. Dazu kam auch der schöne Sommer in diesem Jahr, wolkenlos blauer Himmel und Sonne, Tag für Tag. Das verlockte natürlich, ab und zu das Angelibad an der ›Alten Donau‹ zu besuchen. Dieser Nebenarm des ehemals unregulierten Flusses, mit seinen vielen, von den Wienern gern genutzten Strandbädern, war auch schon für die Mutter ein Kinderparadies gewesen, sie hatte es Anna mehrmals mit Begeisterung erzählt. Auch sie habe das Angelibad bevorzugt, dort schwimmen gelernt, und meist so lange Zeit im Wasser verbracht, bis sie sich mit blauen Lippen und zähneklappernd auf eine der sonnenwarmen Holzpritschen hätte schmiegen müssen. Anna blieb da etwas zurückhaltender, aber sie verbesserte unter Opis Anleitung dort ebenfalls ihr Können als Schwimmerin, und beide bauten gemeinsam aus feuchtem Sand und Kiesel eine von sanften Uferwellen umspülte Burg. Anschließend kaufte der Opi Anna sogar manchmal beim ›Pisani‹, dem damals weithin bekannten Floridsdorfer Eissalon, ein Stanitzel gemischtes Eis, für ihn eine wahrhaft kühne Tat finanzieller Freigebigkeit und großväterlicher Liebe.

Müde und sonnenverbrannt kamen sie heim, und wenn Anna später zu Bett gebracht wurde, meist nach einem Nachtmahl auf der Terrasse, schlief sie sofort tief und wohlig ein.

Ja, die Tage vergingen wirklich schnell, Omi hatte recht.

Irgendwann aber, an einem dieser friedlichen Sommertage, gab es einen Anruf, der einen überraschten Aufschrei Omis zur Folge hatte, und bei dem sie, Anna, nicht den Telefonhörer überreicht bekam, um auch ein paar Worte mit der Mutter wechseln zu können. »Deine Mutti hatte es heute sehr, sehr eilig, weißt du«, sagte die Omi, »nächstes Mal wieder!«

Dem Kind fiel jedoch ab nun eine gewisse Erregung der Großeltern auf, sie versuchten, sich nichts anmerken zu lassen, tuschelten aber in der Küche herum, wenn Anna nicht dabei war, etwas Unerwartetes mußte geschehen sein.

Nur wenige Tage später, als sie beim Mittagessen saßen, sagte die Omi wie nebenbei: »Deine Mutti, wenn sie nach Wien zurückkommt, wird auch eine Weile bei uns wohnen.«

Anna ließ den Löffel mit Gemüsesuppe, den sie gerade zum Mund führen wollte, sinken.

»Warum?« fragte sie.

»Weil –«, begann die Omi, und stockte dann.

»Weil sie für euch eine neue Wohnung suchen will«, führte der Opi den Satz couragiert zu Ende.

Aber Anna sah ihm an, daß er sich nicht wohl dabei fühlte.

»Eine neue Wohnung?« fragte sie.

»Na ja«, jetzt ergriff wieder Omi das Wort, »es ist so dunkel in der Weyrgasse, du weißt ja, diese riesige finstere Wohnung – ihr solltet auch in Wien ein bißchen luftiger wohnen – ihr werdet wohin ziehen, wo es Bäume gibt und Gärten, das wird dir gefallen.«

Anna dachte an ihren Vater, und wie sehr er gerade diese dunklen Räume mochte, deren schwere Farben und die Vorhänge aus schwarzem Moiré, all diesen düsteren Pomp.

»Dem Dada auch? Wird ihm das auch gefallen?« fragte sie.

Sofort war spürbar, daß beide Großeltern dadurch in Verlegenheit gerieten, sie blickten einander ratlos an und schwiegen kurz.

»Dein Vater wird euch immer gern besuchen«, sagte schließlich die Omi, »ähnlich, wie er euch ja in Wolfpassing auch immer besucht hat. Aber deine Mutti möchte hier in Wien eine hellere Wohnung finden, eine irgendwo im Grünen. Und sie will deshalb auch gar nicht mehr in die Weyrgasse zurück – sondern mit dir dann gleich dorthin übersiedeln –«

Omi stockte und begann dann hastig die Suppe zu löffeln.

Aber Anna begann sich zu freuen. Egal wohin, egal, in welche Wohnung, die Mutter käme erst mal hierher, zu ihr.

»Kommt sie bald?« fragte sie.

Omi ließ den Löffel sinken, sie zögerte.

»Genau weiß ich's nicht«, sagte sie dann, »ein paar Tage bleibst du schon noch allein hier bei uns, bis sie kommt.«

»Wird sie auch hier schlafen?« fragte Anna.

»Sicher, ja.«

Anna begann sich noch heftiger zu freuen.

»Und wo wird sie schlafen?«

»Ja, wo – auf dem Sofa im Wohnzimmer, glaub ich – ich weiß, es wird ein bisserl eng werden, aber sicher ganz lustig –«

Als ihre Großmutter das sagte, wirkte sie selbst jedoch alles andere als lustig, sie starrte bedrückt auf ihren Suppenteller, und Anna fragte lieber nicht mehr weiter. Aber sie wußte, daß wieder eine Veränderung im Raum stand. Gern hätte sie auch nach dem Verbleib ihres Vaters gefragt, wo der jetzt sei, ob man den allein in der finsteren Weyrgasse zurücklasse, und wann sie ihn wohl wiedersehen würde. Aber es herrschte eine seltsam nachdenkliche Stimmung am Eßtisch, beide Großeltern schwiegen plötzlich, einmal seufzte Omi auf, und der Opi räusperte sich, als wäre ihm etwas im Hals stecken geblieben. Es schienen Worte zu sein, um die er rang.

»Wir gehen dann mit dem Maxi raus, ja, Anna?« sagte er schließlich mit Munterkeit, »der arme Hund! Er schaut schon ganz unglücklich! Laß uns schnell aufessen!«

»Bitte! Seff!« schrie da die Omi auf, sie hatte hörbar ihre Bedrückung abgeworfen, »doch nicht schnell! Das Kind soll kauen! Ich bringe jetzt das Kalbsgulasch, das darf man doch nicht runterschlingen.«

Da fühlte Anna sich wieder geborgen, so waren die Großeltern ihr vertraut. Sie verschob es, an die baldige Heimkehr ihrer Mutter und den Aufenthalt ihres Vaters zu denken. Gleich nach dem Kalbsgulasch würde sie mit Opi und dem Dackel Maxi zur Donau wandern, hinaus in den Sommertag, und sie würden singen: »– der Strom ist blau-au – und Sonne mir im Herzen –«

Eines frühen Abends, etwa zwei Wochen später, ließ das vertraute Dröhnen des einparkenden Autos Anna auf den Balkon hinauslaufen und hinunterschauen. Ja, sie war es! Die Mutter stieg aus und umarmte Opi, der sie bereits auf der Gasse erwartet hatte. Dann holten sie das Gepäck aus dem Auto, und damit beladen verschwanden beide im Haus. Anna verließ eilig den Balkon und lief zur Wohnungstür. Die stand weit offen, denn die Omi befand sich bereits erwartungsvoll draußen am Gang. Der Aufzug surrte langsam herauf. Und als er sich vor ihnen öffnete, trat eine Frau heraus, die zwar freudig lächelte, deren Gesicht aber bleich vor Müdigkeit war. Sie ließ alle Gepäckstücke aus den Händen fallen. »Wo ist meine Anna?!« rief sie aus. Und als das kleine Mädchen auf sie zulief, kniete sie nieder und nahm es in die Arme. Sie drückte es fest und anhaltend an sich. Anna hielt still, und auch die Großeltern standen regungslos daneben. Sie alle ahnten, daß die Bewegtheit der Mutter nicht nur dem ersehnten Wiedersehen galt, sondern auch mit alter Erschöpfung und neuen Lebensumständen zu tun hatte.

Omi hatte ein Nachtmahl vorbereitet, den Tisch hübsch gedeckt, es gab Butterbrot, Wurst, Schinken, Käse, alles vom Feinsten, dazu Wein, und Anna trank Apfelsaft. Das Gepäck der Mutter stapelte sich vorläufig im Korridor, man hatte sich gleich zu Tisch gesetzt, um ohne

Umschweife das lang entbehrte Beisammensein zu genießen. Vor allem Anna genoß es. Sie saß dicht neben der Mutter, die ab und zu den Arm um sie legte und sie auf die Wange küßte. Die meiste Zeit aber wurde die Mutter von Omi gedrängt, doch kräftig zu essen – »du bist mir zu mager, du mußt mehr auf dich schauen!« –, aber auch mit Fragen bombardiert, die sie wiederum vom Essen abhielten. Die Erwachsenen stießen mit ihren vollen Weingläsern an, und auch Anna ließ ihr Glas Apfelsaft kräftig dagegenklirren. Ein belegtes Brot kauend hörte sie aufmerksam zu, als die Mutter zu berichten begann.

So, ohne Anna und Omi, sei sie in das Hotel gezogen, in dem auch alle anderen Schauspieler untergebracht waren – »auch der Griem?« unterbrach die Omi, »ja, auch der Griem«, antwortete die Mutter wie nebenher. Aber Anna sah die beiden Frauen einen seltsam langen, wissenden Blick wechseln.

Der Film sei, hoffe man, gut geworden, fuhr die Mutter dann fort, jedenfalls habe der Käutner einige Szenen gezeigt, und alle seien davon begeistert gewesen. Am letzten Drehtag wäre abends ein großes Fest veranstaltet worden, viele hätten Tränen vergossen, weil man sich wieder trennen mußte – sie selbst sei dann noch einen Tag geblieben – bis heute morgen – deshalb sei sie jetzt recht müde – die lange Autofahrt –

»Und der Abschied –«, sagte Omi bedeutungsvoll.

Die Tochter aber lächelte. Es war ein trauriges Lächeln, fand Anna, die ihre Mutter keinen Augenblick aus den Augen ließ. Und dann fielen Worte, die sie nicht richtig verstand.

Die Mutter sagte: »Alle im Team dachten ja, wir würden gleich danach heiraten.«

»Hätte ich auch gedacht«, antwortete die Omi, »wenn jemand mitten in der Drehzeit nach Wien fährt und sich Hals über Kopf scheiden – läßt –«

Das letzte Wort hauchte sie ihrem Satz nur noch hinterher, denn nach ›scheiden‹ erschraken beide Frauen und wandten sich Anna zu. Die sah arglos zu ihnen hoch.

»Ich bin ja noch am selben Abend zurückgefahren nach Stuttgart –«, sagte die Mutter. Sie wirkte verunsichert.

»Sie war nur tagsüber hier, Anna – nur kurz – wegen deinem Vater –«, versuchte die Omi weiterzuhelfen.

»Genau das will ich aber jetzt dem Kind noch nicht erklären!« fuhr die Mutter hoch. Sie hatte laut geschrien und plötzlich nasse Augen bekommen.

»Macht doch nicht so ein Tam-Tam«, sagte da der Opi, »Hauptsache, du bist jetzt hier, und darüber freut sich die Anna.«

Er beugte sich über den Tisch zu seiner Enkelin.

»Stimmt doch, oder?«

»Ja«, sagte Anna.

Warum die Mutter sich plötzlich so aufgeregt

hatte, warum beide, sie und die Großmutter, so komisch geworden waren, nur weil ein gewisses Wort fiel, warum etwas ›dem Kind‹ nicht jetzt, aber irgendwann würde erklärt werden müssen, all das bewegte Anna an diesem Abend noch nicht. Sie freute sich schlicht und einfach darüber, die Mutter wieder um sich zu haben, genau wie der Opi es gesagt hatte.

Auch als man später am Abend daranging, in der Wohnung für alles Platz zu schaffen, das Wohnzimmersofa der Mutter als Bett dienen mußte, jede Schublade, jede Zimmerecke überquoll, und die Omi, wenn sie sich unbeobachtet fühlte, tief aufseufzte, für Anna blieb es eine Freude. Sie sollte ihre Liebe zu gemütlichem Nebeneinander und unbesorgtem Durcheinander auch als erwachsene Frau beibehalten, zu oft hatte sie es in ihrer Kindheit vermissen müssen. Nur in diesen Wochen bei den Großeltern, da war es so.

Die Mutter blieb tagsüber fast nie bei ihnen, sie hatte wieder Proben am Theater, und schien eifrig darum bemüht zu sein, eine neue Wohnung für sich und ihr Kind zu finden. Jedenfalls erklärte man es Anna so. Auch wenn sie abends ausblieb, begründete man das mit Vorstellungen, die im Repertoire des Burgtheaters für die Schauspielerin weiterliefen. Anna aber war egal, was die Mutter zurzeit fernhielt, denn wenn sie auftauchte, war sie in der großelterlichen Wohnung auch wirklich anwesend. Sie saß mit ihnen gemeinsam am Tisch, wenn gegessen oder auf der Terrasse Kaffee getrunken wurde, plauderte angeregt mit Omi, den Arm um Anna gelegt, die gern dabei war und lauschte, oder begleitete Opi, Anna und den Dackel Maxi bei Wanderungen an die Donau. Nachts wußte Anna ihre Mutter nur ein Zimmer weiter auf dem schmalen Sofa, man hörte einander atmen.

Und eines Tages ergab sich überraschend ein Ausflug.

»Wir fahren ein bißchen hinaus, ja? Und ich habe einen Freund aus dem Theater mit, der heißt Friedel«, sagte die Mutter, »er ist Regieassistent bei dem Stück, das ich gerade probe. Er ist nett. Er wird dir gefallen.« Unten im Auto saß bereits ein junger Mann, der Anna freundlich begrüßte und seltsam sprach. »Er ist ein Tiroler, die reden so komisch«, erklärte die Mutter, und der Regieassistent namens Friedel lachte auf und fügte ein lautes »Jo mei, so isch'es!« hinzu.

Anna kletterte auf den Rücksitz und sie fuhren los. Das Auto, von der Mutter chauffiert, brauste in großer Geschwindigkeit die Brünner Straße stadtauswärts, bis nur noch Felder sie säumten, bog dann ab und brummte in gemäßigterem Tempo, auf sandigen, von Bäumen beschatteten Landstraßen, einem ausgedehnten, flachen Hügelmassiv zu. Die beiden Erwachsenen blieben die ganze Fahrt über in ein angeregtes Gespräch vertieft, und selten hatte

Anna die Mutter so oft und so strahlend hell auflachen gehört.

»Das vor uns ist der Bisamberg, Anna«, die Mutter wandte sich zu ihr um, »da war ich oft mit meinen Schulfreundinnen unterwegs, im Frühling ist in den Laubwäldern alles blau von Leberblümchen, wir fanden das romantisch und haben Geschichten erfunden – Theater gespielt – waren damals eben junge Mädchen –«

»Du bisch' und bleibsch' a jungsch Madl!«

Der Regieassistent beugte sich lächelnd zur Mutter, und Anna sah seine Augen glänzen. Ein wenig zu sehr, fand sie, und auch, daß er der Autofahrerin viel zu nahe rückte. Aber die lachte wieder auf, und zwar so, daß es Anna an rosig gewordene Wangen auf Mykonos erinnerte, an dieses Davonschweben damals, obwohl sie ja dicht neben ihrem Kind sitzen geblieben war.

»Was heißt jungsch Madl«, sagte die Mutter dann, »eine alte Schachtel!«

»Jetz' höasch' aber auf!« brüllte der Regieassistent, drängte sich noch näher heran, legte sogar seinen Arm um die Chauffierende, das Auto schlingerte wild, beide lachten laut, und Anna fürchtete sich. Die Mutter sah durch den Rückspiegel, wie ihr Kind sich mit angstgeweiteten Augen am Vordersitz festklammerte, und löste sich rasch aus der Umarmung des jungen Mannes.

»Es passiert schon nichts, glaub mir!« Sie lachte jetzt nicht mehr. »So sind's halt, Anna, diese lustigen Tiroler. Aber gleich sind wir in der Kellergasse, da gibt es eine tolle Jause für uns!«

Und wirklich rumpelten sie bald danach einen Fahrweg aufwärts, der von gemauerten Eingängen zu Weinkellern gesäumt wurde. Sie bestanden meist aus niederen, weißgekalkten Fassaden, oft mit mächtig geschwungenen Simsen, die das Tor einrahmten. Dahinter gab es nur einen bescheidenen Raum, die Weinpresse und den ins Erdreich hinunterführenden Gang zu den Weinfässern.

»Halt! Da isch' es!« befahl irgendwann der ortskundige Regieassistent, und sie parkten am Wegrand. Alle drei kletterten aus dem Auto, die Mutter nahm das Kind an der Hand, und beide stiegen auf einer schmalen Holztreppe in einen Garten hoch, der oben am Hang an diesen Weinkeller anschloß. Er war dicht von Haselsträuchern und Fliederbüschen umgeben, inmitten erhob sich ein ausladender Nußbaum, darunter stand ein einfacher Holztisch mit zwei Bänken.

»Schön, nicht wahr?« fragte die Mutter.

Anna nickte.

»Diesen Garten hat der Friedel eines Tages entdeckt, er holt uns jetzt was zu essen und zu trinken. Freut dich das?«

Anna nickte wieder und nahm neben der Mutter auf der Bank unter dem Nußbaum Platz. Die legte den Arm um sie. Sonne fiel durch das Blattwerk warm herab, es war still, nur Lerchen jubilierten irgendwo oben im Himmelsblau. Und so, dicht an die Mutter gelehnt, wußte Anna, was sie freute.

Nach einer Weile knarrte die Holztreppe unter kräftigem Schritt.

»Aber jetsch, meine Damen! Es werd's schaun!« schrie der Regieassistent.

Er tauchte mit einem schwerbeladenen Speisetablett aus der Tiefe auf, balancierte es durch den Garten und ließ diese Last dann mit Schwung und gläserklirrend auf den Tisch gleiten. Würste, Schmalz, Bauernbrot, Radieschen, Gurkerln, alles, was so ein Land-Heuriger nur aufbringen kann, bot sich ihnen dar. Dazu eine Flasche Weißwein für die Großen und ein Kracherl für Anna.

»Wirklich, da schaun's, die Damen«, sagte die Mutter.

Diese Zeit in der Floridsdorfer Wohnung, mit der für Anna so anheimelnden familiären Nähe, die jedoch der räumlichen Enge wegen die Großeltern zu überfordern begann, fand schließlich ihr Ende. Sie saßen alle am Abendbrottisch, als die Mutter beglückt das lang ersehnte Ergebnis ihrer Wohnungssuche schilderte.

»Herrlich, stellt euch vor! Ich bekomme sie! Die Wohnung im ersten Stock! Und dazu das kleine Dachzimmer darüber! Das wird dir gefallen, Anna! Ich muß zwar eine ordentliche Ablöse dafür bezahlen, aber es wird sich schon irgendwie ausgehen. Ich kenne dieses Haus schon länger, der Udo war einmal mit mir dort, ein Journalist hatte ebenerdig ein Zimmer bewohnt, wir haben ihn besucht, aber das alte Haus gehört seiner Mutter. Ein altes, wunderschönes Haus, das älteste in der Gegend, die Steinfliesen im Flur haben es mir gleich angetan, es hat mich an die Klostergänge bei den Dominikanern erinnert –«

Anna beobachtete ihre Mutter, die plötzlich versonnen vor sich hin sah. Ein altes Haus mit Klostergängen. Wo würde da wohl ihr Dada bleiben?

»Es war gar nicht leicht, die Eigentümer zu erreichen, die leben zurzeit in Frankfurt«, erzählte die Mutter weiter, »aber ich hab mir dieses Haus eingebildet, und jetzt ist der Vertrag gemacht. Eine kleine Gasse in Grinzing – ein Garten dabei – viele Bäume, Anna, viel Grün –«

»Aber du holst dir doch genug Möbel aus der Weyrgasse?« fragte Omi sachlich.

»Das Nötigste, ja. Ich möchte alles sehr hell haben dort – und nicht vollgeräumt.«

»Was heißt hier das Nötigste.« Omi wirkte plötzlich ungehalten. »Es steht dir doch zu, aus dieser Riesenwohnung mitzunehmen, was du haben willst! Du hast schließlich auch dein Geld hineingesteckt, und nach allem, was der Kerl dir –«

»Mutti, bitte!« Es war fast ein Aufschrei, mit dem die Tochter sie unterbrach, »bitte nicht! Nicht jetzt! Nicht hier! Und nicht so –«

Anna fühlte die Blicke aller auf sich gerichtet, obwohl alle so zu tun versuchten, als sähen sie nicht zu ihr her. Omi räusperte sich, Opi schenkte sich Bier ein, und die Mutter begann Butter auf ein Brot zu schmieren.

»Für dich auch noch eines, Anna?« fragte sie heiter, obwohl ihre Stimme zitterte, »diesmal mit Salami?«

Und Anna nickte, obwohl sie eigentlich keinen Hunger mehr hatte.

»Wir werden es sehr schön haben in der kleinen Gasse«, sagte die Mutter, als sie das Brot auf Annas Teller legte, »dein weißes Bett in einem großen, hellen Zimmer!«

Es währte jedoch, bis das neue Domizil bewohnbar gemacht worden war. Die Räumlichkeiten im Stockwerk des fast zweihundert Jahre alten Hauses bedurften einer gründlichen Renovierung, vor allem die schon etwas brüchige, große, aus Holz errichtete Veranda zum Garten hin. Eine Küche und ein Badezimmer mußten überhaupt erst eingebaut werden. Der Fußboden in allen Räumen wurde von abgetretenen Spannteppichen befreit und abgeschliffen, dann erst sah man die Schönheit der uralten Holzdielen. Die verblichenen, ehemals üblichen, gemusterten Tapeten wurden von den Wänden entfernt, und alle Zimmer weiß ausgemalt.

Einmal nahm die Mutter ihre Tochter mit nach Grinzing, in die stille, baumbestandene

Gasse, die in Weingärten endete. Sie parkte vor dem einstöckigen, gelb gestrichenen Haus. Obwohl die Handwerker noch an der Arbeit waren, zeigte sie Anna alles. Auch das kleine Zimmer direkt unter dem Dachfirst, das man nur erreichen konnte, wenn man eine gewundene Steintreppe hochstieg, über schwere dunkle Balken kletterte, und so den ganzen Dachboden durchquerte. Das Kämmerchen dort oben besaß zwei kleine Fenster, und man konnte aus großer Höhe aus einer mit Holzschindeln bedeckten Wand in Gärten hinuntersehen.

»Den Dachboden dürfen wir auch benützen«, sagte die Mutter, »ich werde einen Steg zum Dachzimmer hin bauen lassen, damit man bequemer hinkommt. Aber jetzt, Anna – schau –«

Sie öffnete mit der Geste einer Hexenmeisterin eine andere, schmale, aus schlichten Holzbrettern gezimmerte Tür. Dann trat sie mit Anna hinaus ins Freie. Sie standen auf dem mit Blech überzogenen Dach der darunter befindlichen Veranden, und es war, als stünden sie auf einem Schiff, das in ein Meer aus Baumwipfeln hinaussegelt. Nur wehendes Ahornlaub befand sich unter ihnen.

»Da kommt eine richtige Terrasse her, ganz aus Holz«, sagte die Mutter. Sie sah glücklich aus, als sie in die Weite blickte, über alle Bäume hinweg bis hin zur Grinzinger Kirche, deren Turmspitze man gerade noch erspähen konnte. »Früher war das Dach hier oben nur zum

Wäschetrocknen benützt, du siehst ja noch die aufgespannten Wäscheleinen. Für mich aber – ist es der schönste Platz auf der Welt. Findest du nicht auch, Anna?«

Anna nickte, ließ jedoch die Hand der Mutter nicht los, weil ihr der ungeschützten Höhe wegen ein wenig schwindlig geworden war. Ja, sie fand den Platz auch sehr schön.

Das Leben mit den Großeltern lief also doch noch in dieser zueinander gedrängten Gemeinsamkeit weiter, obwohl der Umzug in die neue Wohnung allmählich von allen Beteiligten dringlich ersehnt wurde. Und was sich, die Situation auf andere Weise beschwerend, auch noch hinzufügte, war Annas Gesundheitszustand. Das in Wolfpassing ausgebrochene Asthma, von dem man meinte, Meer, Sommer, Donau und Angelibad hätten es völlig vertrieben, ereilte das Kind wieder. Eine kleine Erkältung nur, und schon streikten seine Bronchien. Es blieb nicht nur bei quälendem Husten, bald setzte das mühsame Ringen nach Luft und eine so anhaltende Atemnot ein, daß die Anwesenden sich zwingen mußten, nicht selbst auch in Panik zu geraten. Anna, die nicht recht wußte, was ihr da plötzlich so erstickend geschah, fühlte zu ihrer eigenen Angst hinzu auch noch die der Großeltern. Omi sah sie mit erschrockenen runden Augen an, und Opi murmelte etwas von ›Inhalieren mit Salz‹ und ›heißen Ölwickeln‹, bis Omis Aufschrei: »Seff! Laß das!« ihn wieder verstummen ließ. Ratlos stand man um das keuchende Kind herum.

Die Mutter aber, wieder, wie damals in Wolf-passing, von einer Theaterprobe herbeigerufen, war nur sehr blaß geworden, versuchte jedoch lächelnd so zu tun, als sei dieser Anfall eine unbedeutende Sache, etwas, das im Nu wieder vorbeigehen würde. Sie trug Anna zum Auto, packte sie auf den Nebensitz und raste mit ihr los, vergnügt plaudernd, als wäre dies eine Spazierfahrt. Bald waren sie bei dem Kinder-arzt, den man der Mutter ehemals empfohlen und der auch schon den Säugling Anna mit allen nötigen Impfungen versehen hatte. Er war ein gütiger, vertrauenerweckender Mann.

»Das ist nur Kinderasthma«, sagte er, »gibt es oft – keine Sorge, es wird sich im Älterwerden wieder legen.« Anna bekam eine Injektion. Der Arzt hielt noch kurz ihre kleine Hand fest, und schnell wurde ihr Atem ruhig. »Na, siehst du?« sagte er zu ihr, »schon vorbei!«

Seine Ordination lag nicht weit von der neuen Wohnung entfernt, und Anna sollte den erleichternden Besuch bei ihm auch späterhin immer wieder einmal erfahren. Wenn nicht gerade Nacht war oder Sonntag, und man der Cortison-Injektion wegen zur Notaufnahme in ein Spital mußte. Aber immer wieder erlebte Anna das Bemühen ihrer Mutter, nicht panisch zu werden, sondern der Tochter möglichst ruhig und ohne Dramatik zur Seite zu stehen. Auch als erwachsene Frau rief sie bei Asthmaanfällen nach ihrer Mutter. Bis ein letzter Ruf diese nicht mehr erreichen konnte.

Die Salzburger Großeltern holten die kleine Enkeltochter ein paar Tage zu sich. Sie taten es vor allem, um der Mutter in Wien die Zeit des Übersiedelns zu erleichtern. Mußten doch Möbelstücke, persönliche Gegenstände, Bücher, Kleidung vorerst ausgewählt und dann von der Weyrgasse nach Grinzing transportiert werden. So erklärte man es Anna: die Mutter sei dabei, die neue Wohnung wohnlich zu machen, Opi und Regieassistent Friedel seien ihr dabei behilflich, es mache viel Arbeit und koste viel Zeit. Wie es bei dieser Trennung von Tisch und Bett zwischen ihren Eltern zugehe, was ihr Vater zu all dem sage, erklärte man Anna nicht. Im Gegenteil, über Sohn Udo, der doch sonst in den Gesprächen allgegenwärtig zu sein schien, versuchten Omaliese und Opa Rudi diesmal kaum Worte zu verlieren, ja scheuten sich sogar, ihn auch nur zu erwähnen. Und Anna fragte auch lange nicht nach ihm. Sie genoß Omalieses Früchtequark, Rodtraut scherzte mit ihr, im Kabinett klapperte Opas Schreibmaschine, alles schien zu sein wie immer. Trotzdem wurde dem Kind fühlbar, daß der Schatten einer Veränderung auch über ihnen lag.

Eines Abends, als sie beim Essen saßen, fiel mitten in ein Gespräch, das an Anna vorbeiplätscherte, plötzlich wie ein Stein Rodtrauts aus Überraschung gellend laut gestellte Frage: »Wegen dem Griem?«

Sofort traf Omalieses strafender Blick die Tochter. »Schrei doch nicht so«, sagte sie. Dann leiser: »Das ist ein sehr guter Schauspieler, ich mag den.«

Und man aß schweigend weiter.

»Kommt der Dada einmal her?« fragte da Anna plötzlich. Klug, wie Kinder sind, stets viel klüger, als die Erwachsenen rundum annehmen, war ihr natürlich völlig klar, wer ›der Griem‹ war, und was es mit ihm, der neuen Wohnung und mit dem Getrenntsein vom Vater auf sich hatte.

Alle hatten das Besteck sinken lassen und schauten Anna an.

»Aber sicher«, sagte Omaliese dann, »der Dada wird immer kommen. Hierher. Oder zu euch in die neue Wohnung. Immer und überall wird er zu dir kommen.«

»Denn er liebt dich«, fügte Rodtraut hinzu.

Wirklich stand ihr weißes Bett in einem weißen Zimmer. Durch zwei Fenster fiel helles Licht herein, nur Bäume sah man davor. Gleich daneben, mit Fenstern zur Gasse hin, befand sich das Schlafzimmer der Mutter, es gab einen großen salonartigen Raum mit Arbeitstisch und Marmorkamin, ein goldfarben verfliestes Badezimmer, eine eingebaute Küche mit blaugemusterten, italienischen Kacheln, die ebenfalls in frischem Weiß gestrichene, geräumige

Veranda zum Garten hin, alles war ganz nach dem Wunsch der Mutter nur mäßig möbliert, es waren die klaren Räume eines Landhauses, die Anna empfingen.

»Was sagst du? Gefällt es Dir hier?« fragte die Mutter, »ist doch wunderschön, nicht wahr?«

»Ja«, sagte Anna. Und meinte es auch so.

Es war wunderschön hier.

Die Schränke wurden eingeräumt. Über Annas Bett hing wieder das Gemälde des großen, schützenden Hundes, ihr Puppenhaus war da, die Spielsachen, alles, was in der Weyrgasse ihr Kinderleben umgeben hatte, wurde hier großzügig in einem geräumigen Zimmer um sie geordnet.

Gleich daneben, in der kleinen Küche, bereitete man das Frühstück und die Mahlzeiten für sie zu. Die Mutter versuchte sich sogar hin und wieder an einem Grießbrei, der ihr aber weiterhin nie richtig gelang, er war jedesmal von Bröckchen durchsetzt. Anna wollte die Mutter nicht kränken und aß ihn trotzdem tapfer auf. Aber sehr bald war sie in der Lage, sich so etwas wie Grießbrei selbst zuzubereiten. Daß die Mutter nicht kochen konnte, war eine Tatsache, die auch das Kind nicht übersehen konnte. Und die Mutter gestand es ihr ohne Scheu.

»Weißt Du, Anna, einmal in meiner Jugend war ich krank und habe nichts gegessen, und genau in der Zeit habe ich oft etwas gekocht. Von dem habe ich aber keinen Bissen angerührt, Omi und Opi waren ganz verzweifelt, weil ich so dünn geworden bin wie ein Strich. Nachdem ich wieder gesund war, wollte ich nie wieder kochen. Mir fällt alles aus der Hand, wenn ich in einer Küche hantiere.«

Anna wurde sehr früh eine ausgezeichnete Köchin, und in späteren Jahren machte sie sich über die Mutter lustig. Nannte sie »Küchenwunder«, wenn der wirklich Töpfe lärmend aus den Händen fielen, oder sie sogar einmal eine Speise mit Badesalz gewürzt hatte.

Nach dem Einzug in die neue Wohnung halfen weiterhin Omi und Opi aus, sie kamen aus Floridsdorf herübergefahren, um die Enkeltochter zu versorgen, wenn die Tochter für Proben und Abendvorstellungen im Theater sein mußte.

Und der Regieassistent, der Friedel hieß, war sehr häufig anwesend. Auch nachts. Manchmal war er es, der Anna bei einem Asthmaanfall ein hilfreicher Freund wurde, dem sie vertraute, der sie aus dem Bett hob, herumtrug und mit fröhlichen tirolerischen Worten abzulenken versuchte, bis die Tabletten und der Cortison-Spray zu wirken begannen. Wurde jedoch ein nächtlicher Spitalsbesuch unumgänglich, fuhr er ohne zu zögern im Auto mit, auf den Rücksitz gedrängt, und ebenfalls mit aufmunternden Bemerkungen wie: »Glei' hammas, Prinzessin!«, oder: »Isch es der Lady scho besser?« – auf die die Patientin jedoch des Luftmangels und der daraus resultierenden Angst wegen meist in keiner Weise eingehen konnte. Aber sie halfen ihr.

An Tagen, in denen sie sich wohl und gesund fühlte, und das war ab und zu durchaus länger der Fall, gefiel es Anna in der ruhigen Gasse. Besonders den geliebten Opi hatte sie auch hier gern um sich, er verstand es, vergnügliche Spiele auszudenken, ihr vorzusingen und zwischendurch Butterbrote zum Kakao besonders sorgfältig in kleine, handliche Stückchen zu schneiden. Und dann war auch er es, der oftmals wartend vor dem Tor stand, wenn sie von der Schule abgeholt werden mußte.

Anna war nie in einem Kindergarten gewesen, aber die Mutter hatte sie nach dem Umzug in die neue Wohnung in der nahe liegenden ›Neulandschule‹ für den Besuch einer sogenannten Vorschulklasse angemeldet. Sie sollte, bald fünf Jahre alt, die Gemeinsamkeit mit gleichaltrigen Kindern erfahren und später an deren Seite nahtlos in die erste Volksschulklasse hinüberwechseln. Das war der Plan.

Anna aber gefiel es dort überhaupt nicht.

Sie freute sich jedesmal unbändig, ihren begeistert winkenden Opi zu sehen, sobald sie ins Freie trat, dann von ihm an der Hand genommen zu werden und wieder nach Hause gehen zu dürfen. »Wie war's?« fragte er, »sind die Kinder und Lehrer nett?« Anna nickte vage, gab kaum Auskunft, versuchte aber auch nicht zu klagen. Jedoch konnte sie mit den Kindern in dieser Schule nicht wirklich kommunizieren. Es waren vorrangig Kinder ›aus gutem Haus‹, aus Familien also, die zumindest nach außen

hin dem gängigen bürgerlichen Ideal ent-
sprachen. Mit diesem Sicherheitsgefühl ausgestattet, konnten sie sich auf unbesorgte Weise
quengelnd, angeberisch oder übermütig verhalten, so, wie Kinder aus normalen Familienver-
hältnissen es eben tun. Anna hingegen besaß
einen Vater, den sie selten zu Gesicht bekam,
und der jedem konventionellen Vaterbild wohl
zutiefst widersprach. Er war ein Clown und Trin-
ker. Ihre Mutter hingegen eine Schauspielerin,
die man kannte, und die mit anderen Männern
zu sehen war. Annas Welt war mit der Welt all
der Schulmädchen rundum nicht vereinbar,
und das war ihr bewußt. Deshalb blieb sie meist
sehr für sich, wagte kaum, sich anzufreunden,
was aber dazu führte, daß sie sich andererseits
oft schmerzlich ausgeschlossen fühlte.

»Hast du dort noch keine Freundin gewonnen?« fragte der Opi einmal, als sie Hand in
Hand nach Hause zurückgingen.

»Nein, noch keine«, gab Anna zu, »kann sein,
die mögen mich nicht.«

»Blödsinn!« rief der Opi aus, »dich kann man
doch nur mögen! Das wird schon noch, aller
Anfang ist schwer.«

Mit der Mutter gab es solche Gespräche
nicht. Die schien erleichtert zu sein, daß
alles halbwegs geregelt war, daß sie ihren an-
spruchsvollen Beruf und das veränderte Privatleben auf diese Weise einigermaßen bewältigen
konnte. Ab und zu mußte sie auch verreisen,
dann schliefen die Großeltern abwechselnd

bei Anna. Für eine ständig anwesende neue Kinderfrau fehlte es an Platz, aber auch am Wunsch der Mutter. »Wir schaffen das auch so«, meinte sie. Es gab die Eltern, eine Aufräumefrau, die regelmäßig kam, und immer wieder die Anwesenheit des Regieassistenten. Vom schönen Blonden aus Mykonos hörte Anna nichts mehr. Sie hatte zwar viele Fotos aus der Drehzeit des Filmes gezeigt bekommen, aber über Bilder, auf denen Madeleine Forestier und dieser Bel Ami in Nachtgewändern nebeneinander im Bett lagen, ging die Mutter schweigend hinweg.

Der Vater kam ab und zu vorbei, etwas, worunter Anna mehr litt, als sich darüber zu freuen. Wie die Mutter mußte auch Anna bei seinen Besuchen mühsam ihre Scham verbergen. Meist torkelte der Vater unter den Bäumen der Gasse mit unverständlich gelallten Rufen auf das Haus zu, ungewaschen wirkend, und im fleckigen Burberry-Mantel, den er wie eine zweite Haut ständig trug. Wenn man ihm die Tür öffnete, stank er nach Alkohol, grinste müde und verlegen, wankte das eine Stockwerk hinauf, um sich dann oben in einem der Zimmer auf den Fußboden fallen zu lassen und erst einmal übergangslos einzuschlafen. Mutter und Tochter ließen ihn gewähren, schlichen nur leise um ihn herum. Es war, als käme er vorbei, um kurz von Sucht und Elend auszuruhen, er war zu dieser Zeit schwer alkoholkrank. Ob die Trennung von Frau und Kind auch etwas damit zu tun hatte, blieb unklar. Nach wie vor fraß seine sexuelle Gier jedes weibliche Wesen auf, das sich fressen ließ, ja er heiratete sogar ziemlich bald wieder. Eine Urenkelin Richard Wagners, die Daphne hieß, und sich von seinem Alkoholismus nicht hatte abschrecken lassen, wurde seine zweite Ehefrau.

Aber nach wie vor floh er manchmal in die Grinzinger Wohnung. Wenn er dort aus seinem Schlaf erwachte, der stets reglos und tief war, als läge er im Koma, erhielt er von der Mutter meist sofort eine Kanne Kräutertee. Darum bat er jedesmal, das wußte sie, und so bitter wie nur möglich sollte er sein. Dann zog der Vater aus seiner verbeulten Manteltasche geheimnisvoll ein paar Sächelchen hervor und drückte sie seiner Tochter Anna in die Hand. Es waren Nichtigkeiten: ein alter Militärorden, ein Stück farbiges Seidenpapier, eine bemalte Kastanie oder ein geschliffenes Stück Glas. Aber sein Lächeln, wenn er ihr diese kindlichen Schätze überreichte, ließ Anna all die vorherige Beschämung über ihren Vater vergessen. Da liebte sie ihn wieder.

Jedoch im Winter desselben Jahres, als er mit seiner neuen Ehefrau zum Schiurlaub in Lech am Arlberg weilte, verlangte Vater Udo, daß seine Tochter Anna ihn dort unbedingt besuche. Es wirkte wohl wie ein Befehl, und Anna bekam das Zögern ihrer Mutter mit, sie hörte ein Telefonat, das, was selten geschah, dicht

neben dem Kind geführt wurde und ungewöhnlich scharf klang.

»Dada möchte dich in Lech haben«, erfuhr
sie dann, »aber es geht ihm nicht sehr gut, weißt
du. Ich muß mir zwar zwischen den Proben die
Zeit nehmen – aber es wird schon irgendwie
gehen – ich glaube, es ist besser, wenn ich dich
dorthin begleite. Wir fahren zusammen auf den
Arlberg, ja?«

Und Anna freute sich darüber. Sie ahnte
nichts von den Meldungen, die zur Mutter
gedrungen waren: wie schlimm der Vater beisammen sei, daß ihn bereits Delirium tremens,
also Säuferwahnsinn, ereile, er herumgeirrt
und über Schneehänge abgestürzt sei, und sich
die Zunge nahezu abgebissen hätte.

Als etwa eine Woche später ein Fahrer sie mit
einem schneetauglichen Geländewagen von
der Bahnstation abholte und auf gewundenen
Straßen und zwischen verschneiten Hängen in
das Bergdorf Lech brachte, fühlte Anna die Anspannung der Mutter. Fast meinte sie an deren
Händen ein leichtes Zittern wahrzunehmen, so,
als zitterten sie vor Angst.

Sie hielten vor dem renommierten, von Pro-
minenten bevorzugten Hotel, dessen Besitzer
ein ehemals berühmter Schirennläufer war.
Mit ihm hatte der Vater sich befreundet und
er logierte auch häufig dort. Immer schon
zogen ihn Stars und Berühmtheiten jedweder
Art an.

Anna und die Mutter wurden von einem dirndltragenden Hausmädchen geführt und befanden sich alsbald in einem ländlich gehaltenen Luxus-Appartement. Das von ›Herrn Udo‹ sei nebenan, erfuhren sie sogleich, er habe sie beide in größtmöglicher Nähe unterbringen lassen, es gäbe sogar eine Verbindungstür. Und bald nachdem die Mutter den Koffer ausgepackt, es sich mit Anna ein wenig wohnlich gemacht hatte, öffnete sich diese Verbindungstür. Aus einem völlig abgedunkelten Nebenraum trat der Vater, sie beide zu begrüßen. Er sah schrecklich aus. Das Gesicht rot verbrannt, Lippen und Zunge verletzt, die Haare gelichtet und verklebt. Und er weinte sofort, als er sie erblickte.

Später trafen sie mit Ehefrau Daphne zusammen, die schlank, hübsch, winddurchweht von einem Schiausflug zurückkehrte und den Zustand ihres Gatten mit erstaunlicher Gelassenheit als Selbstverständlichkeit hinzunehmen schien. Man aß gemeinsam in einer Stube aus Zirbenholz, wobei der Vater vornehmlich Schnaps trank, was jedoch am Tisch mit keiner einzigen kritischen Bemerkung quittiert wurde. Anna beobachtete die Mutter im höflichen Gespräch mit dieser anderen Frau, und sie sah den eigenen Vater wie zerfallen dazwischen sitzen. Nur einmal wandte er sich an sie.

»Du, Anna – siehst du da drüben im Salon diese Familie? Die da vor dem Kamin sitzt? Vater, Mutter, Kinder?«

»Ja«, sagte Anna.

»Die Frau, die strickt, ist die Fürstin von Monaco. Das daneben ist der Fürst«

»Die schauen aber ganz normal aus«, fand Anna.

»Sie war eine berühmte Schauspielerin, Grace Kelly hat sie geheißen.«

Anna versuchte dem Vater zuliebe diesen Umstand zu bewundern, nickte brav, fand aber trotzdem, daß sich nebenan ganz normale Leute ein wenig langweilten, so, wie sie selbst sich zu langweilen begann. Mehr noch. Die Unterhaltung der Mutter mit der neuen Frau des Vaters, die letztlich unfrohe Gezwungenheit dabei, der stumm trinkende und arg zerstört wirkende Dada – all das machte Anna müde und auch traurig, sie wäre viel lieber wieder beim Opi oder beim Friedel in der neuen Wohnung in Wien gewesen. Und froh war sie jetzt, daß die Mutter sie nicht hatte allein hierherreisen und den Vater besuchen lassen. Sie hätte Angst gehabt, allein hier.

Als sie später endlich im Bett lag, war ihr Zimmer nur durch eine angelehnte Tür vom Nebenraum her ein wenig erleuchtet. Und sie hörte ihre Eltern miteinander reden. Sie saßen einander wohl im Gespräch gegenüber, und es schien auch wirklich ein solches zu sein: ein Gespräch mit Rede, Antwort und nachdenklichen Pausen. Der Vater weinte wieder, er schluchzte ab und zu laut auf, was Anna weh tat. Nie zuvor hatte

sie diesen stets alles beherrschenden Mann
so in Tränen erlebt. Die Stimme der Mutter
aber blieb ruhig, besänftigend, es gab also keinen Streit. Das beruhigte Anna soweit, daß sie
irgendwann einschlafen konnte.

Man blieb nicht lange in Lech. Weder die Mutter noch Anna waren zum Schifahren ausgerüstet. Auch sei es Schauspielern sogar vertrag-
lich untersagt, Winterfreuden zu frönen und
sich dabei etwa ein Bein zu brechen, während
sie am Theater gerade zu spielen hätten. Anna
hörte diese und andere Begründungen, jedenfalls reisten sie zwei Tage später wieder zurück
nach Wien.

Irgendwann wurde an zwei einander folgenden
Abenden der Film ›Bel Ami‹ im Fernsehen gezeigt. Anna sah ihn nicht, sie war abends um
diese Zeit meist schon im Bett, und überhaupt
sah sie nur selten fern. Es gab zwar einen Appa-
rat in der Wohnung, der stand aber im Zimmer
der Mutter, und auch die ließ ihn nur selten
laufen.

Aber was Anna danach sehr bald mitbekam,
war das ständige Klingeln des Telefons. Und die
Stimme der Mutter war von einem seltsamen,
ganz neuen Klang erfüllt, überraschte Freude,
ja Beglückung, und auch Stolz schienen in ihr
zu schwingen.

Nach einem dieser Telefongespräche kam
die Mutter in das Zimmer ihrer kleinen Tochter

und setzte sich zu ihr. Anna zeichnete gerade eine Frau, ein Kind und einen Mann, die Hand in Hand auf einer Wiese voller Blumen standen. Die Lehrerin in der Neulandschule hatte die Kinder darum gebeten, zu Hause etwas zu zeichnen, das sie gern hätten.

»Schön«, sagte die Mutter, »bin das ich mit dir und – ?«

»– und dem Dada«, sagte Anna.

Die Mutter nickte und strich ihr über das Haar.

»Du, Anna«, sagte sie dann, »weißt du, was geschehen ist? Warum mich so viele Leute anrufen?«

»Was denn?« fragte Anna.

»Ich bin berühmt geworden.«

Anna sah die Mutter erstaunt an. Was war sie geworden?

»Der Film aus Stuttgart, der mit dem Bel Ami, du weißt – in dem habe ich den Fernsehzuschauern so gut gefallen, daß mich jetzt auch in Deutschland alle kennen. Ich bin berühmt geworden, ganz auf einmal, tschak bumm! Ich kann es selber kaum glauben. Alle möglichen Zeitungen wollen über mich schreiben, ich werde weiter viel in Filmen spielen können, und eine Agentin in München will sich um das alles kümmern.«

Anna hatte wie immer aufmerksam zugehört, und trotzdem nicht so recht verstanden, worum es ging. Aber sie konnte sehen, daß die Mutter sich freute.

»Und übrigens, Anna«, fuhr diese fort, »einen Film mache ich ganz bald, in diesem Sommer noch, und zwar hier in Österreich. Sag – hättest du Lust, mitzuspielen?«

»Mitspielen?« fragte Anna verdutzt.

»Ja. Jemand sollte in dieser Geschichte mich als Kind spielen – das heißt – die Frau im Film erinnert sich an sich selber als Kind – und während sie sich erinnert, sollte dieses Kind auch kurz zu sehen sein – also ich dachte – wenn du einverstanden wärst –«

»Ich soll du sein – als Kind?«

»Ja, genau! Schließlich bist du meine Tochter und wir sehen uns ähnlich. Außerdem bin ich in deinem Alter genau so hellblond gewesen, wie du jetzt bist.«

»Und was muß das Kind, das du warst, in diesem Film machen?«

»Nicht viel, es spielt mit einem kleinen Zicklein, nur das, du hättest sicher Spaß dabei!«

Annas Augen leuchteten auf.

»Ein Zicklein?«

»Ja, ganz ein süßes!«

Der Gedanke, mit einem echten Zicklein spielen zu können, gefiel Anna. Sie hatten nur einmal eine Katze gehabt, die hieß Brösi, aber die mußte man wieder weggeben, ›wegen dem Asthma‹.

Katzenhaare seien sehr gefährlich, wenn man Asthma hätte, wurde ihr damals gesagt, und seither waren nie mehr Tiere um sie herum gewesen.

»Wo soll ich denn mit dem Zicklein spielen?« fragte sie.

»Wir drehen den Film in einem alten Schloß, nicht weit weg von Wien, und da hin werde ich dich dann, wenn der Film gedreht wird, eines Tages mitnehmen.«

»Und dort ist das Zicklein?«

»Dort in der Nähe ist ein Bauer, der hat das Zicklein, und wird es zu dir bringen.«

»In das alte Schloß?«

»Nein, nein, rundherum ist ja ein Park, da sind Wiesen, und auf denen wirst du mit dem Tierchen spielen! Ich habe gedacht, wir ziehen dir das weiße Häkelkleid an, das ich selbst als Kind getragen habe, du weißt schon welches ich meine, wir schlagen die Säume ein bissel hoch, damit es nicht zu lang ist, und ich mach dir zwei Zopferln, die hab ich als Kind auch manchmal gehabt.«

Anna sah vor sich hin. Etwas machte ihr Sorge.

»Willst du das Ganze auch wirklich gern tun?« fragte die Mutter. »Wenn nicht, dann nicht, Anna, ich will dich zu nichts zwingen, wirklich!«

»Doch«, sagte Anna, »ich spiele gern mit einem Zicklein.«

»Fein!« sagte die Mutter.

»Und hat – ein Zicklein andere Haare?« fragte Anna.

»Was?«

»Weil doch Haare von Katzen nicht gut für mich sind.«

Da stiegen der Mutter plötzlich Tränen in die Augen. »Ach ja – die Brösi –«, flüsterte sie und wandte sich kurz ab. Aber bald drehte sie sich der Tochter wieder zu.

»Nein, nein, Anna«, antwortete sie mit fester Stimme, »Ziegen haben ganz dicke Haare, die schaden dir sicher nicht. Und außerdem seid ihr ja nur eine Weile beisammen, und im Freien, auf einer Wiese. Nicht wie – wie mit der Brösi immer in derselben Wohnung.«

Trotz ihrer vorherigen Festigkeit fuhr sich die Mutter noch einmal rasch über die Augen, sie tat es möglichst unbemerkt, aber Anna sah es genau. Hatte sie doch miterlebt, wie traurig die Mutter gewesen war, als man die Katze weggeben mußte, und sie hatte sich schuldig gefühlt. Und auch jetzt, als sie die Tränen der Mutter wahrnahm, war es für sie wieder so, als hätte sie Schuld auf sich geladen.

»Blöd, der Onkel«, sagte sie, »blöd für die Brösi.«

›Der Onkel‹ war das Asthma. Die Mutter hatte eines Tages begonnen, es so zu nennen, um im Gespräch mit der Tochter die Krankheit weniger angsteinflößend, ja sogar zu etwas Vertrautem werden zu lassen. Tage ›ohne den Onkel‹ waren immer prima, und wenn er zu Besuch kam, versuchte man mit ihm auszukommen.

»Die Brösi hat es doch gut dort, wo sie ist!« widersprach jetzt die Mutter. »Wir müssen wegen ihr nicht traurig sein.«

»Du bist traurig«, sagte Anna.

»Ach was. Ich war nur lange Zeit mit ihr beisammen, weißt du, schon vor deiner Geburt. Aber sowieso mußte ich sie immer wieder einmal irgendwo abgeben und bei anderen Leuten lassen. Also mach dir keine Gedanken, Anna. Hauptsache, du bist wohlauf.«

Aber auch ohne eine Katze im Haus war Anna sehr oft nicht wohlauf. Immer wieder suchten Asthmaanfälle sie heim, kam ›der Onkel‹ zu Besuch. Manchmal mußte sie deshalb der Neulandschule fernbleiben und ein, zwei Tage das Bett hüten. Nun war dies ein Umstand, der ihr am wenigsten Kummer bereitete. Was sie aber bedrückte, waren Opis oder Omis besorgte Mienen, war die ständig lauernde Bedrohung von Atemnot und Spitalsbesuch, und war, mehr als alles andere, der stets prüfende Blick der Mutter. Immer fühlte Anna sich von ihr taxiert. Geht es meinem Mädchen gut? Atmet es normal? Oder muß man auf einen Anfall vorbereitet sein?

Dabei wäre Anna so gern gesund gewesen, hätte so gern keinem Menschen Sorgen bereitet und nichts schöner gefunden, als ohne Angst und Panik Kind sein zu dürfen. Aber etwas entbehrte sie. Es gab für sie nicht das, was für ein kleines Kind ebenso zählt wie Nahrung: beide Eltern schenkten Anna zu wenig Körpernähe und Zärtlichkeit.

Es gab ›das Knuddeln‹ nicht.

Dieses Wort und auch dieser Vorgang schien beiden Eltern fremd, ja sogar ein wenig unheimlich zu sein, und ihre Scheu davor entsprang vielleicht einem Mangel, den sie selbst ehemals erlitten hatten.

Anna jedoch machte sich beides – den Begriff und das Tun – in späteren Jahren elementar zu eigen. ›Knuddeln‹ wurde für sie zur gebräuchlichsten Form, ihre Zuneigung und Liebe zu zeigen. Den anderen in die Arme nehmen und ihn fest an sich drücken. Einander knuddeln, das war's.

Nun war es aber nicht so, daß die Mutter ihr Kind nicht trotz alledem innig geliebt hätte. Sie bemühte sich immer wieder darum, die Tochter in ihr eigenes Leben mit einzubeziehen, um möglichst viel mit ihr beisammen und Mutter sein zu können.

Die junge Schauspielerin wurde mehrmals im Sommer von den Bregenzer Festspielen engagiert. Es waren Aufführungen des Burgtheaters, deren Endproben und Vorpremieren bisweilen im Bregenzer Landestheater absolviert wurden, also eine Art Ko-Produktion.

»Du kommst mit mir nach Bregenz«, hatte die Mutter Anna eröffnet, »es ist hübsch dort, der große Bodensee, die Berge rundherum, du wirst sehen. Wir wohnen in einer Privatpension, bei einer netten Vermieterin, der Regisseur und andere Schauspieler wohnen auch dort, das wird lustig, es wird dir gefallen.«

Anna war ziemlich egal, wer wo lustig wohnte, aber ihr gefiel es, mit der Mutter wieder einmal irgendwo gemeinsam sein zu können. Bei der Hinreise bekam sie ausführlich erklärt, worum es am Theater dort gehen würde, es sei ein Stück von Ferdinand Raimund, hieße »Der Barometermacher auf der Zauberinsel«, und sie, die Mutter, würde eine Prinzessin namens ›Zoraide‹ spielen, »eine ziemlich böse Prinzessin«, fügte sie hinzu.

Sie kamen also wirklich in das gemütliche, von Theaterleuten bevölkerte Privathaus. Der Regisseur war ein humorvoller, wohlbeleibter Mann, der schon beim Frühstück mit Anna scherzte, und Axel hieß. »Axel von Ambesser«, erklärte ihr die Mutter leise, »ein sehr nobler Herr.«

Der Garten um das Haus war voller Blumen, es gab ein kleines Schwimmbecken und Liegestühle, die Zimmer waren auch blumig tapeziert, die Betten weich, und Mutter und Tochter einander immer ganz nah.

Nur bei den Proben mußten sie sich voneinander trennen. Aber meist durfte Anna ins Theater mitkommen, nette Garderobieren kümmerten sich um sie, und ab und zu konnte sie sogar im Zuschauerraum, neben Axel, einige Proben auf der Bühne mitverfolgen. Die Mutter sah wunderschön aus als Prinzessin, trug einen goldenen Turban und einen Brokatmantel über schillernden Pumphosen, auch ihr Gesicht mit den großen, dunkel geschminkten Augen gefiel Anna. Und daß sie oft so böse schauen und spre-

chen mußte, gehörte wohl dazu und war Anna ja
schon vorher angekündigt worden. Obwohl ihr
persönlich eine schöne und sanfte Prinzessin lieber gewesen wäre.

Es kam zur ersten Hauptprobe.

Da lief das ganze Stück schon ab wie bei einer
Abend-Vorstellung, keiner unterbrach mehr,
auch der Intendant war anwesend. Anna saß
ebenfalls im Zuschauerraum. Sie schaute zu,
wie ein phantasiebegabtes Kind es eben tut,
und wurde vom märchenhaften Geschehen auf
der Bühne völlig gefangengenommen.

Aber dann geschah es: ein Zauberfluch! Die
schöne Zoraide kam auf die Bühne gestürzt –
und besaß plötzlich eine riesige, häßliche Nase
mitten im Gesicht! Was war da mit der Mutter
geschehen! Anna schrie auf! »Mutti!!« schrie
sie, und begann haltlos und laut zu weinen.

Alles stoppte. Die Mutter oben auf der Bühne
wandte sich erschrocken zum Zuschauerraum,
lief rasch nach vorn an die Rampe, beugte sich
hinunter und zog sofort diese Nase aus ihrem
Gesicht. »Schau, Anna!« rief sie ihrer Tochter
zu, »schau doch! Das ist nur ein Gummiband
mit einer Pappnase! Siehst du's? Jetzt wein doch
nicht, ich spiele das doch nur, schau, meine eigene Nase ist so wie immer!«

Aber Anna hatte diese Illusion so tief erschreckt, daß sie kaum zu beruhigen war. Der
freundliche, liebe Axel brach die Probe ab und
machte Pause. Die Mutter eilte von der Bühne
hinunter und nahm ihr schluchzendes Kind in

die Arme. »Jetzt schau doch! Greif sie mal an, meine Nase! Die Kostümbildnerin hat es zwar täuschend echt gemacht, Anna, aber es ist nur eine Täuschung, eine Nase aus Papier! Schau!«

Irgendwann konnte auch Anna sich wieder fassen und sogar ein wenig verlegen in das belustigte Lachen einstimmen, das ringsum entstanden war. Aber etwas Unheimliches hatte sie gestreift, und die Mutter hielt sie auch weiterhin so fest umfangen, als wisse sie davon. Phantasie und Erfindungen derart mitempfinden zu können, machte für sie die kleine Tochter Anna noch inniger zu ihrem Kind.

Wer nun in Wien nach einiger Zeit öfter ausblieb und Anna nicht jedesmal tirolerisch scherzend und sie durch die Wohnung tragend bei Asthma-Nöten zur Seite stehen konnte, war Friedel, der Regieassistent. Denn aus dem Assistenten war mehr und mehr ein Regisseur geworden, und das verlangte ihm klarerweise viel Zeit ab, die er zuvor Anna und ihrer Mutter widmen konnte.

Er hatte sogar bei einer seiner ersten Regiearbeiten gleich mit zwei berühmten Schauspielern zu tun. Am Theater in der Josefstadt inszenierte er mit Susi Nicoletti und Curd Jürgens ein Zwei-Personen-Stück, das die beiden Stars, die einander seit ewigen Zeiten kannten, mit Bravour bewältigten. Der junge Regisseur war beiden gut und befreundete sich vor allem mit Curd.

Das führte dazu, daß Friedel die Mutter und Anna eines Tages einlud, ihn für ein paar Tage nach Gstaad, in das Chalet von Curd Jürgens, zu begleiten. Er, Friedel, sei dort Gast, und Curd würde sich freuen, wenn sie mitkämen.

Das hieß, daß sie alle drei das Auto bestiegen, Anna auf den Rücksitz verfrachtet wurde, und die Mutter chauffieren mußte. Es war eine lange Fahrt, ehe sie erschöpft in dem Schweizer Nobelort Gstaad landeten, das beeindruckende Landhaus erreichten, zwischen einer Parade diverser Luxusautos parkten und ein Butler sie in Empfang nahm, um sie auf ihre Zimmer zu führen. Die Mutter mit ihrer kleinen Tochter erhielt natürlich ein eigenes.

»Der heißt Herr Butler?« flüsterte Anna, als sie dem Mann, der ihre Reisetaschen trug, folgten. Ebenfalls flüsternd antwortete die Mutter: »Der ist ein Butler. So heißen Diener bei vornehmen Leuten.«

»Und hier wohnen vornehme Leute?«

»Hier wohnt ein Schauspieler, der viel Geld verdient hat und sich das alles leisten kann.«

»Und da ist man dann vornehm?«

»Nicht unbedingt. Aber der Curd Jürgens ist sehr nett, du wirst sehen.«

Und davon konnte Anna sich bald überzeugen.

Als sie hinter dem gepäcktragenden Butler einen großen, ländlich gehaltenen Salon durchquerten, sagte eine müde Stimme: »Hallo.«

Die Mutter und Anna blieben stehen.

In einem der üppig ausladenden, nach englischer Art blumengemusterten Sofas lehnte ein Hühne von einem Mann, riesengroß kam er Anna vor, er hatte schütteres blondes Haar, blaue Augen und ein erschöpftes, aber freundliches Gesicht.

»Kommt ihr zwei doch kurz mal her zu mir«, sagte er. »Das Haus ist voller Leute, die Simone lädt so gern ein. Aber alle beziehen grade ihre Zimmer, ich kann mich hier inzwischen allein ein bissel ausruhen. Wer bist du denn?«

Die letzte Frage galt Anna, die sich an der Hand der Mutter scheu genähert hatte.

»Die Anna«, sagte sie.

»Und du gehörst zu dieser schönen jungen Schauspielerin da?«

Anna sah prüfend zu ihrer Mutter hoch.

»Ja«, sagte sie dann.

Curd lachte leise auf.

»Schon gut so«, sagte er, »ich wollte, ich hätt’ auch so eine Tochter, weißt du. Aber das ist mir nicht vergönnt.«

Jetzt lächelte er sie an, auch seine ungewöhnlich blauen Augen schienen zu lächeln, und Anna fand ihn tatsächlich sehr nett und überhaupt nicht vornehm.

Die Mutter und Curd wechselten noch ein paar Worte, sie sprachen über ein Stück, in dem sie vielleicht demnächst am Burgtheater gemeinsam spielen würden, er aber blieb dabei unverändert auf dem Sofa liegen, »nicht bös’ sein«, sagte er zur Mutter. Der arme, reiche

Schauspieler ist wirklich sehr müde, dachte Anna.

»Also bis später«, sagte die Mutter schließlich, nahm ihre Tochter wieder an der Hand, und beide verließen den Salon. Sie suchten das ihnen zugeteilte Zimmer auf, in das der Butler bereits vorausgegangen war, und wohin ein höfliches Hausmädchen ihnen den Weg wies.

Als sie es betraten, stieß die Mutter einen Schrei aus.

»Der hat alles ausgepackt!« schrie sie.

»Was ist denn?« fragte Anna.

»Alles! Der Butler hat alles ausgepackt! Unsere spärlichen Sachen, ich hab überhaupt nichts Besonderes eingepackt, deine Kindernachthemden, meine lächerliche Garderobe, unsere Kosmetikbeutel, alles hat er ausgepackt und feierlich hingebreitet, als wären es Luxusgegenstände – ich genier' mich so!«

»Warum denn?« fragte Anna.

Diesen Ausbruch von Scham, nur weil jemand hilfreich gewesen war und alles säuberlich ausgepackt an Ort und Stelle lag, verstand sie nicht recht.

»Ach, nur so. Ist ohnehin blöd –« Die Mutter seufzte noch einmal zornig auf, aber hatte sich wieder gefaßt. »Ich will nur nicht, daß Fremde in unser Privates hineinschauen, ich komme mir dann vor, als wäre ich nackt, verstehst du?«

Anna nickte. Das verstand sie gut.

»Aber diese reichen Leute können anscheinend nicht mal ihre Koffer selber auspacken, sogar dafür sind sie zu blöd«, murmelte die Mutter noch erbost, während sie die Bettdecken zurückschlug. Anna, müde von der Reise, sah zart gemustertes Bettzeug, und betrachtete es sehnsüchtig.

»Wir legen uns jetzt beide erst mal ein bissel nieder und ruhen uns aus – wie der Curd – ja?«

»Oh ja«, sagte Anna.

Der junge Regisseur Friedel schien sich im Umfeld der ins Chalet eingeladenen High-Society wohlzufühlen wie ein Fisch im Wasser, während die Mutter betont zurückhaltend blieb. Sie behielt ihre kleine Tochter ständig im Auge, ging mit ihr früh zu Bett, blieb nicht bei den abendlichen Partys, und wollte von Friedel nachts nicht besucht werden. Anna hörte, wie sie ihn an der Tür flüsternd darum bat, in sein eigenes Zimmer zu gehen und sie beide in Ruhe zu lassen.

Die Französin Simone, Ehefrau von Curd Jürgens, war hochgewachsen, schlank und wunderschön. Sie liebte Bergwanderungen, und ein Großteil der Gesellschaft folgte ihr, wenn sie dazu aufrief. Sie schritt königinnenhaft und schnellen Schrittes voran, während die meisten Gäste so taten, als fiele es ihnen leicht, einige jedoch nur keuchend hinterherstiegen. Curd selbst dachte nicht daran, mitzuwandern, »diese Kraxelei ist nix für mich«, sagte er mit Entschiedenheit und blieb gemütlich im Chalet zurück.

Wer jedoch mühelos neben der schönen Simone Schritt halten und ohne atemlos zu werden mit ihr scherzen und flirten konnte, war der aus den Tiroler Bergen stammende, junge und kräftige Friedel. Die beiden stürmten aufwärts und warfen keinen Blick mehr zurück. Die Mutter, die ihre kleine Tochter an der Hand geführt hatte, hörte auf, ihnen zu folgen. Sie setzten sich am Wiesenrand nieder, und Anna bemerkte, daß die Mutter dunkel vor sich hin blickte.

»Warum gehen wir nicht weiter mit?« fragte sie.

»Der Hang ist so steil, wir warten lieber, bis alle wieder vom Ausflug zurückkommen, ja?«

»Und warum bleibt der Friedel nicht bei uns?«

»Er ist ein guter Bergsteiger. Halt ein Tiroler.«

»Die Dame auch?«

»Die Simone, meinst du? Die ist aus Frankreich und hat die Berge gern.«

»Und den Friedel.«

Die Mutter sah Anna an.

»Scheint so«, sagte sie dann.

Als sie nach Wien zurückfuhren, gab es leise, jedoch in Erregung geführte Gespräche auf den Vordersitzen. Anna, wieder in den engen Rücksitz gedrängt, konnte den Wortlaut des Gesagten nicht verstehen. Aber sie spürte einen Zwist.

Er schien von der Mutter auszugehen, sie wirkte gereizt und ärgerlich, der Friedel hingegen wie einer, der sich wehren muß. Das kleine Mädchen Anna, wenn auch noch Kind, ahnte den Schatten der schönen, hochgewachsenen Bergsteigerin auf diesem Disput. Langsam obsiegte jedoch Friedels Bemühen, zu begütigen, er legte den Arm um die Schultern der Chauffeuse und lachte sie auf zärtliche Weise, jedoch unverhohlen auch mit leisem Triumph, ein wenig aus. In den kleinen Käfig des dahinsausenden Autos kehrten wieder Ruhe und gute Laune ein.

In Wien zurück, begannen die Dreharbeiten zum Film »Moos auf den Steinen«. Es ginge um die Verfilmung eines Romans des verstorbenen österreichischen Autors Gerhard Fritsch, erklärte die Mutter ihrer Tochter. Sie war bestrebt, in diesem Fall Näheres mitzuteilen, da Anna ja demnächst mitwirken würde! Auch erzählte sie ihr vom Umstand, daß die Produktion eine rein österreichische sei, die Finanzierung mühsam, ja daß sogar der Sproß einer wohlhabenden Wiener Süßwaren-Dynastie einiges Geld von seinem Erbe beisteuere, um den Film möglich zu machen. Dieser Kerl sei aber ein richtiger Schnösel, noch dazu blutjung. Mit seiner Geliebten, einer brasilianischen Diplomatentochter, und einer Schar anderer schnöseliger Freunde hätte er einem Drehtag beigewohnt und sei ihnen allen dabei schrecklich auf die Nerven gegangen. Aber ihr Partner Heinz Trixner sähe aus wie James Dean und sei sehr nett, das Drehen im Schloß und an der Donau verliefe ansonsten prima.

Ja, und dann kam der Tag, an dem Anna und das Zicklein einander vor der Kamera treffen sollten. Wirklich wurde das weiße, gehäkelte Kinderkleidchen schon vorher bei der Kostümbildnerin abgegeben und gekürzt. Früh am Morgen nahmen Mutter und Tochter nur ein kleines Frühstück zu sich und fuhren dann zum Schloß nach Niederleis, dem Drehort. Diesmal saß Anna, fest angeschnallt, auf dem Vordersitz. Es war ein strahlend schöner Sommertag.

»Wie gut«. sagte die Mutter, »den brauchen wir heute.«

Der Regisseur, den die Mutter Georg nannte, war ein dunkelhaariger, beweglicher, ein wenig südländisch wirkender Mann. Er kam sofort sehr freundlich auf Anna zu. Man zog ihr das altmodische Häkelkleid an, flocht zwei kleine Zöpfchen aus ihrem Blondhaar, und die ganze Schar des Teams, Kamera, Ton, der Regisseur, begab sich mit Anna auf ein Wiesengelände nahe dem Schloß. Auch die Mutter blieb in der Nähe, sie hielt sich im Hintergrund auf und verfolgte sehr genau, was mit ihrer Tochter geschah.

Und dann erschien also das Zicklein. Ein junger Bauer, der eine schäbige Joppe trug und verlegen lächelte, stellte das kleine Tier dicht neben Anna ins Gras. Sie kniete sofort nieder und streichelte sein Köpfchen zwischen den Ohren. Daraufhin meckerte es zutraulich und schmiegte sich gegen Annas kosende Hand. Es war Liebe auf den ersten Blick. Da hob Anna das Zicklein hoch und drückte es an ihr Herz.

Das wurde sofort gedreht. Der Regisseur hatte dem Team begeistert zugenickt, seine Hand zu einem stummen ›Los!‹ gehoben, die Kamera surrte leise, ein Fotoapparat klickte. Anna merkte von alledem nichts.

»Sehr schön!« rief Georg plötzlich laut zu ihr her. »Aber laß es jetzt runter und laufen, ja?«

Anna sah erstaunt zu ihm hin.

»Laß es frei laufen!« wiederholte er, hinter der Kamera stehend. Da gehorchte sie und setzte das Zicklein ab. Das sprang sofort vergnügt durch die Wiese davon, jedoch so, als würde es Anna verlocken, ihm zu folgen.

»Du auch!« rief Georg, »ihm nach!«

Das ließ Anna sich nicht zweimal sagen. Sie lief also sofort ebenso vergnügt dem Zicklein hinterher, fing es immer wieder einmal ein, umarmte, streichelte und koste es, und weiter tollten die beiden durch die sommerliche Wiese.

Anna hatte eine so reine Freude an diesem Tier, daß sie gar nicht mitbekam, vom Kameramann und seinem Assistenten verfolgt zu werden. Mit einer Handkamera ausgerüstet, schlichen und liefen die zwei hinterher, wollten dieses unbefangene, kindliche Spiel möglichst unbeeinflußt so belassen und gleichzeitig auf das Schönste festhalten.

»Aus!« schrie der Regisseur Georg schließlich.

Anna war, als risse dieser Schrei sie aus einem Traum. Alle standen plötzlich um sie herum und lobten, was sie geboten hatte. »Das war's! Wunderbar, Anna!« Man räumte dann die Kamera und andere Gerätschaften weg, eilte davon, alles löste sich auf, nur die Mutter war da und umarmte sie.

Der Bauer kam und nahm das Zicklein wieder an sich. »Tuat ma lad, i muaß hambringa!« sagte er, als er Annas entgeistertes Gesicht sah, »leider kann i da's net schenken!« Auch die Mutter nahm Annas Bestürzung wahr. »Das ist so beim Film, weißt du«, sagte sie, »da gilt alles nur für den Moment. Wir können das kleine Tier nicht behalten, es war nur für eine Weile gemietet. Komm, sei nicht traurig, ihr habt das so hübsch gemeinsam gemacht.«

Anna sah dem Zicklein hinterher, das der Bauer im Weggehen geschultert hatte, ihr war, als träfen ihrer beider Blicke sich, und Tränen stiegen ihr in die Augen.

»Hast du als Kind das Zicklein denn behalten dürfen?« fragte sie die Mutter. Die blickte verlegen vor sich hin.

»Anna, du hast nicht wirklich mich als Kind gespielt, ich hatte kein Zicklein zum Spielen«, antwortete sie dann, »sondern du hast vorhin

die Frau, die ich im Film spiele, als Kind gespielt.«

Anna schwieg. Gespielt, gespielt, dachte sie.
Film ist was Komisches. Was da alles nur gespielt wird. Und wie das, was man lieb hat, nur
für den Moment gilt, und man nichts behalten
kann.

Die Mutter besaß zwei Schwestern, eine jüngere
und eine ältere. Also besaß Anna zwei Tanten.
Die jüngere hieß Ingeborg und wurde Börgi genannt, die ältere hieß Brigitte und wurde Gitti
genannt. Nun bekamen beide Tanten auch je
ein Kind, und zwar später als die Mutter. Cousine Felicitas, genannt Feli, kam etwa ein Jahr
nach Annas Geburt in New York zur Welt, wo
Gitti jahrelang lebte. Weitere drei Jahre später
gebar Börgi, nach einem Studium der Bild-
hauerei und ersten künstlerischen Erfolgen,
ihren Sohn Sebastian.

Als sie selbst, Anna, erst etwa drei und Feli gar
erst zwei Jahre alt gewesen war, kam Tante Gitti
mit dem Vater des Kindes, ihrem damaligen
Ehemann, und der kleinen Tochter aus New
York zu Besuch. Es war Sommer, und die Mutter war zu dieser Zeit als Schauspielerin bei den
Salzburger Festspielen tätig. Vater Udo, immer
großspurig, hatte deshalb sofort ein ganzes Bauernhaus für Frau und Kind und seine eigenen,
sporadischen Aufenthalte gemietet. Es lag nahe
bei Salzburg in dem Dörfchen Ebenau, war
ein Vierkanthof mit unzähligen Zimmern, und

die Mutter konnte die Gäste aus Amerika mit Leichtigkeit ebenfalls dorthin einladen. Da traf Anna zum ersten Mal in ihrem Leben mit Cousine Feli zusammen.

Nicht allzu viel Erinnerung an diese Zeit blieb ihr erhalten: daß sich in dem Bauernhaus, auch wenn die Mutter immer wieder bei Proben und Vorstellungen in Salzburg sein mußte, ein heiteres, familiäres Treiben entwickelt hatte. Daß Tante Gitti ein Stirnband und lange Röcke trug, gut kochte und gern tanzte. Am lustigsten war gewesen, daß Felis Vater, von Beruf Masseur und körperlich durchtrainiert, regelmäßig sein ›Joggen‹ betrieben hatte, dieses in Amerika bereits übliche, in Österreich aber noch völlig unbekannte, kilometerlange Vor-Sich-Hinlaufen. Was dazu führte, daß in den umliegenden Gehöften die Bauersleute mit allen Knechten und Mägden aus den Türen getreten waren, um einem Wahnsinnigen hinterherzuschauen.

Anna erinnerte sich an die kleine, zierliche Feli, an deren langes, blondes Haar, und sie erinnerte sich, fern aber doch, an ihrer beider Spiele und an die kindliche Zuneigung, die sofort zwischen ihnen entstanden war.

Genaueres aber wußte sie noch von der alten verlassenen Mühle unten am Bach, die sie mit der Mutter durchstreift hatte. Sie beide schmiedeten Pläne, dieses verrottete Häuschen wohnlich zu machen. Und die Mutter nahm das Bild eines betenden Engleins, in schmalem

Holzrahmen und verstaubt in der Mühle hängengeblieben, einfach an sich, stahl es also. Und es sollte Anna lebenslang begleiten, dieses Bild. Deshalb wohl vergaß sie nie, woher es stammte.

Der Tante Börgi wurde ihre Schwangerschaft etwa zwei Jahre später zufällig in Annas Gegenwart unumstößlich bewußt. Es geschah während eines gemeinsamen Urlaubsaufenthaltes im italienischen Fischerdorf Positano. Annas fünfter Geburtstag war der Anlaß zu dieser Reise gewesen, die Mutter hatte beschlossen, den 8. Mai diesmal dort zu feiern, und zwar in Begleitung von Omi und Schwester Börgi, also als kleinen Familienausflug.

Der Impuls, nach Positano zu fahren, kam von neu gewonnenen Freunden der Mutter, auch Anna hatte dieses Ehepaar erst vor kurzem kennengelernt. Maria und Gerhard hießen sie. Er ein fülliger, bärtiger Mann, Graphiker und Wasserball-Spieler, sie hingegen eine kleine schmale Frau mit Kurzhaarfrisur, überaus klug, immer mit einer Zigarette in der Hand, und nie ohne ein Buch in Reichweite. Woher die Mutter die beiden kannte, wußte Anna nicht, das Kennenlernen schien jedoch viel mit einem Menschen zu tun zu haben, den Anna noch nie gesehen hatte, dessen Name aber zwischen den Freunden oft genannt wurde. Er hieß ›der Franzi‹.

Gerhard und Maria hatten der Mutter nun Positano ans Herz gelegt. Selbst seien sie seit

Jahren immer wieder in den Hängen über dem Dorf bei einem Wiener Künstler zu Gast. Der nehme außerdem herrenlose Tiere bei sich auf, führe malend und dichtend in einem Wirrwarr von Hütten, Gehegen und blühendem Dickicht ein zwar zeitweise darbendes, jedoch von allen Zwängen befreites Aussteigerleben, und sie beide hätten sich bei den Besuchen des Künstlerfreundes in dieses Positano verliebt. Hochsteigende, vielfarbige Häuser und Gäßchen, und auf den Hängen der Blick über die Weite des Meeres, sie schwärmten davon. Und von ihnen wurde schließlich für die Familiengruppe das gesamte Stockwerk einer Villa gemietet, die unten im Dorf gleich neben dem kleinen Sandstrand lag. Sie besaß ein Dach aus türkisfarbenen Steinkuppeln, und durch die Fenster sah man nur Meer.

Es war Mai, noch kühl. Niemand ging Badefreuden nach oder lagerte am Strand. An der Hand der Mutter wanderte Anna am Ufer entlang, kein Mensch störte, es gab nur das Heranrauschen der Wellen und den Blick über die endlose Wasserfläche bis hin zum Horizont.

Dieser Eindruck sollte für Anna lebensbestimmend bleiben. Solang sie lebte, liebte sie das Meer mit all ihrer Sehnsucht nach der Ewigkeit allen Lebens.

Hier feierte man also ihren fünften Geburtstag. Es gab hinter der Villa, vom Meer abgewandt, einen ansteigenden Garten, in dem Frühlingsblumen und erste Rosen blühten. Dort fotografierte man sie in einem hellen Kleid, die Locken hübsch gebürstet, und sie stand ernsthaft und stolz vor der Kamera.

Später saß man bei Geburtstagstorte und Kakao, »Hoch soll sie leben« wurde gesungen, immer wieder ihre Wange geküßt, und Geschenke gab es.

Aber für Anna war das größte Geschenk, mit der Mutter einige Tage hier am Meer zu verbringen, einige Tage uneingeschränkt mit ihr beisammen sein zu können.

Und im großen Badezimmer, das sie mit der Familie teilten, konnte das kleine Mädchen eines Morgens verfolgen, wie der Blick, den die Mutter auf den nackten Oberkörper ihrer Schwester richtete, forschend, ja streng wurde. Börgi wusch sich gerade über dem Waschbecken.

»Du bist schwanger«, sagte die Mutter.

»Wie?«

Die Tante blickte erschrocken auf.

»So einen Busen hat man nur, wenn man schwanger ist.«

Und wirklich waren die Brüste der Tante ungewöhnlich prall und groß.

»Glaubst du?« fragte sie.

Die Mutter nickte mit aller Entschiedenheit.

»Irgend etwas mußt du doch schon geahnt haben, oder?«

Jetzt nickte die Tante. In ihr Erschrecken hatte sich ein zaghaftes Lächeln geschlichen.

»Schon. Aber ich hab gedacht, ich bilde mir das nur ein.«

»Keineswegs«, sagte die Mutter ungerührt, »so einen Busen bildet man sich nicht ein.«

Die Schwestern setzten sich an den Rand der Badewanne, und die Mutter legte ihren Arm um die Schultern der Tante.

»Gratuliere«, sagte sie.

Und dann, in Richtung ihrer kleinen Tochter, die gerade am Zähneputzen war: »Anna, die Omi kriegt noch ein Enkelkind, was sagst du dazu?«

Anna sagte nicht viel. Aber sie wurde so Zeugin vom Werden ihres Cousins, noch ehe dieser das Licht der Welt erblickte.

Die Mutter widmete sich in diesen Urlaubstagen mit ganzem Einsatz der Familie. Auch Omi, der leicht etwas mißfiel und die man schnell irritieren konnte, war mit allem zufrieden, auch mit der Schwangerschaft ihrer jüngsten Tochter. Man aß in einfachen Trattorias köstliche italienische Speisen, Anna lernte Pizza und Spaghetti kennen, noch nicht ahnend, wie sehr in späteren Jahren alles, was Italien betraf, ihr nah sein würde. In Positano erfuhr sie es zum ersten Mal.

Doch Anna spürte bei der Mutter, die ihr hier so nah war wie sonst fast nie, trotzdem immer wieder ein verhaltenes Weggleiten. Sie schien sich in Gedanken zu verlieren, die nicht ausbleiben wollten.

Es war, als hätte sie in Positano eine Weile Anhalten und Atemholen gesucht, und beides auch hier nicht wirklich gefunden.

Mutter und Tochter saßen auf der Steinbank vor der warmen, sonnenbeschienenen Hauswand und blickten beide auf das Meer hinaus.

»Du hast den Friedel gern, nicht wahr?« fragte die Mutter plötzlich.

Anna blickte erstaunt hoch.

»Ja«, sagte sie dann. Und fügte nach einer Weile hinzu: »Du auch, oder?«

Die Mutter nickte und schwieg. Ein leichter Wind wehte vom Wasser her, am Horizont zogen weiße Wolken durch das Blau.

»Du wirst in Wien jemanden kennenlernen, den ich auch gern hab«, sagte die Mutter dann. Und leiser fügte sie hinzu: »Erstaunlicherweise.«

Sie kehrten in die Wiener Wohnung zurück, und auch in Annas vorheriges Kinderleben. Opi war oft bei ihr. Auch der Friedel kam ab und zu vorbei, aber seine Besuche wurden immer seltener. Und er wirkte nicht mehr so tirolerisch fröhlich wie ehemals, eine leise Traurigkeit lag über ihm, die Anna wahrnahm und die sie ebenfalls traurig stimmte. Und immer, wenn sie an Asthma litt, vermißte sie ihn.

Und mehr und mehr vermißte sie die Mutter.

Die blieb jetzt oft über Nacht aus und kam erst in den frühen Morgenstunden nach Hause. Anna hörte das Auto vor dem Haus einparken und kurz darauf die vorsichtigen Schritte der Mutter auf ihr Bett zu. Mit geschlossenen Augen nahm Anna sehr wohl wahr, daß eine übermüdete und nach Fremdem riechende Frau sich über sie beugte. Später rauschte Wasser im Badezimmer.

Bei Anna begannen sich die Asthmaanfälle zu häufen. Der Cortisonspray, ihre ›Luft‹, wie man ihn nannte, kam öfter zum Einsatz, der Opi versuchte Anna durch fröhliche Spiele von einsetzender Atemnot abzulenken, und ab und zu blieb ein Besuch des Arztes oder einer nächtlichen Notaufnahme unerläßlich. Und wer bei alledem jetzt fehlte, war der Friedel.

Eines Tages nahm die Mutter Anna zur Seite, setzte sich dicht neben sie und versuchte ihr etwas zu erklären.

»Es ist so –«, begann sie stockend, »also – du erinnerst dich – ich hab dir doch von dem Mann erzählt, der unseren Film mitfinanziert hat – und der auch einmal beim Drehen dabei war –«

»Der euch so auf die Nerven gegangen ist?« erinnerte sich Anna.

Die Mutter lachte leise auf. »Ja, genau«, sagte sie.

Schweigend schaute sie eine Weile vor sich hin.

»Jetzt ist es so«, begann sie dann aufs neue, »daß er mir eigentlich nicht mehr auf die Nerven geht. Er wollte mich unbedingt näher kennenlernen – ich ihn am Anfang gar nicht – aber dann haben wir uns doch getroffen – und weißt du, Anna, er ist unglaublich witzig und gescheit, gar nicht so ein Schnösel, wie ich dachte – jedenfalls –«

Anna sah ihre Mutter an. Sie ahnte, was jetzt folgen würde.

»Also, jedenfalls sind wir jetzt beisammen, und du wirst ihn demnächst kennenlernen. Er wird dir gefallen, du wirst sehen.«

»Beisammen wie mit dem Friedel?« fragte Anna.

»Mit dem Friedel – war ich nicht so beisammen, weißt du – nicht so –«

»– wie mit dem Dada?«

»Ja, das stimmt sogar ein bißchen. Vielleicht werde ich den Franzi heiraten.«

Wieder schaute die Mutter vor sich hin.

»Aber nur vielleicht«, sagte sie dann, »er ist sehr jung, weißt du. Viel jünger als ich.«

Wieder einmal hörte Anna in fast erwachsener Weise aufmerksam zu und verstand: Es würde wieder einen neuen Mann im Leben ihrer Mutter geben.

Jedoch mischte sich vorerst nochmals Annas Vater in das Leben von Mutter und Kind ein. Ihm lag seltsamerweise plötzlich daran, daß seine Tochter christlich getauft würde, was ja vornehmlich seiner atheistischen Haltung wegen noch nicht geschehen war.

»Der Diego soll des machen!« hörte Anna ihn befehlen, »in der Schul' wird sie's brauchen.«

Er war wieder einmal bei ihnen aufgetaucht, trank den von der Mutter zubereiteten bitteren Tee und tätschelte, zwar scherzhaft gemeint, aber zu heftig Annas Wangen, »au«, sagte das Kind leise, was der Vater jedoch überhörte.

»Udo, bitte!« stöhnte die Mutter, »sicher macht Diego das gern, aber wer soll Taufpate sein, und all das –«

»Der Friedel ist ein prima Taufpate«, entgegnete der Vater, »ich hab's ihm schon gesagt, und er ist begeistert.«

Anna konnte beobachten, wie die Mutter sich bemühte, Fassung zu bewahren und nicht länger zu widersprechen. Die Taufe war nach diesem Besuch des Vaters also beschlossene Sache.

Den Pater Diego Goetz hatte Anna schon früher einmal kennengelernt. Sie war an der Hand der Mutter an einem Sonntagvormittag in der Dominikanerkirche gewesen, hatte einen großen Mann am Altar mit ausgebreiteten Armen stehen sehen, in seiner Prachtrobe war er ihr wie ein violett-goldener Herrscher erschienen. Danach trafen sie ihn in einem karg eingerichteten Raum neben der Klosterpforte, da trug er zwar eine imposant wallende weiße Kutte, lächelte aber aus seiner Höhe so normal und herzlich zu ihr herab, daß sie ihre Scheu vor seinen ehrfurchtgebietenden Gewändern rasch verlor.

»Also du bist Soeurettes Anna«, hatte Diego sie begrüßt, »schön, dich kennenzulernen – hab viel von dir gehört.«

Die Mutter lächelte.

»Er nennt mich immer Soeurette, weißt du«, erklärte sie ihrer Tochter, »das heißt auf Französisch ›Schwesterchen‹, also kleine Schwester.«

»Und warum?« fragte Anna.

»Weil sie das für mich ist«, antwortete Diego, »ich kenne deine Mutter schon so lange, als wäre sie meine kleine Schwester – schon seit ihrer Mädchenzeit –«

Jetzt lachte die Mutter auf.

»Na ja – gar so sehr Mädchen war ich damals ja auch nicht mehr – oder?«

Beide wurden plötzlich ernst und blickten einander so an, wie Anna ihre Mutter noch nie jemanden hatte anblicken sehen.

Auf der Fahrt von der Dominikanerkirche heimwärts erzählte ihr die Mutter, daß sie diesen Mönch – und das sei er ja letztlich – in der Schauspielschule kennengelernt hätte. »Er unterrichtete dort Metaphysik – also ein Gefühl für die Seele – oder wie soll ich's dir erklären – also etwas, das für Schauspieler eben wichtig ist. Alle Mädchen haben sich in ihn verliebt. Obwohl er ein Priester ist. Oder vielleicht gerade deswegen.«

»Du auch?« fragte Anna.

Wieder lächelte die Mutter.

»Ja, ich auch.«

Sie schwieg eine Weile, während sie schnell dahinfuhr.

»Aber ich wurde seine Soeurette«, sagte sie dann, »und er mir ein Freund fürs Leben.«

Und dieser Diego also, den der Vater ebenfalls kannte – nicht nur durch die Mutter, sondern auch, weil ›Pater Goetz‹ ein in Wiener Künstler-kreisen berühmter Prediger war, den man kennen mußte –, Diego wurde also auserkoren, das kleine, aber bereits große Mädchen Anna auf den Namen Anna zu taufen.

Es war nur eine kleine Menschengruppe, die an diesem Spätnachmittag in der Dominika-nerkirche zusammentraf. Die Großeltern, eine der Tanten, ein paar Freunde aus dem Theater, die Mutter und der Friedel. Man hatte Anna ein Kleid mit Spitzenkragen angezogen, das für diese Gelegenheit besorgt worden war, und es gab eine mit goldenen Rauten verzierte Tauf-kerze. So stand man also flüsternd und etwas betreten im dunklen Kirchenschiff dicht ge-schart um das Taufbecken herum. Anna, zwei-fellos Mittelpunkt des Ganzen, fühlte sich un-behaglich. Bis Diego des Weges kam. Würdevoll und mächtig im Priestergewand, wirkte er je-doch wieder so unbesorgt heiter auf sie, so sehr wie ein vertrauter Mensch, daß ihr Unbehagen sich rasch legte. Schweigende Aufmerksamkeit aller Umstehenden herrschte, während Diego in schöner Klarheit diese späte Tauf-Zeremonie vollzog. Er sagte die Worte so einfach, daß sie zu Herzen gingen. Und als Anna wegen des Taufwassers auf ihrer Stirn lachen mußte, lachte der Priester mit ihr.

Friedel, der Taufpate, stand neben Anna und sprach das von ihm Geforderte mit Ergriffenheit und leichtem Tiroler Akzent durch die Kirchenstille.

Wer seltsamerweise, obwohl alleiniger Initiator dieser Tauffeier, nicht hinzukam, war der Vater.

Hinterher saß man in einem nahen Gasthaus beisammen, Anna zwischen der Mutter und Diego. Er trug jetzt einen normalen, schwarzen Männeranzug. Und war plötzlich auch nichts anderes als ein zwar imposanter, jedoch ganz normaler Mann. Und auch die Mutter benahm sich ihm gegenüber plötzlich als ganz normale Frau. Anna, mit Konstellationen dieser Art vertraut, nahm dies sehr wohl wahr. Nur – bei diesen beiden gefiel es ihr auch. Da drohte ihr als Tochter keinerlei Gefahr, da war eine Liebe spürbar, die nach nichts mehr verlangte, die alles in sich barg.

Ihren Taufpaten Friedel sah Anna in der folgenden Zeit immer seltener, und späterhin verloren sie einander sogar fast gänzlich aus den Augen.

Wen sie aber jetzt kennenlernen sollte, war dieser ›Franzi‹, der im Gespräch mit den Freunden Gerhard und Maria schon öfter genannt worden war, und auf den sie die Mutter bereits hingewiesen hatte.

»Er schreibt recht schöne Texte, weißt du, und nennt sich als Poet André«, sagte ihr die Mutter, »noch dazu André Miriflor – aber das werde ich ihm ausreden, das klingt entsetzlich – André genügt, findest du nicht?«

Anna fand durchaus, daß das genügt, und blickte dem Kennenlernen dieses Poeten André, der eigentlich Franzi hieß, mit Neugier und leisem Unbehagen entgegen.

Und eines Tages kam es also auch zum ersten Treffen in der Grinzinger Wohnung. Ein unglaublich dünner, junger Mann mit kaum gebändigtem schwarzem Haarschopf betrat die Wohnung, und er und Anna musterten einander mit Verlegenheit.

Ein etwas schlaffes Händereichen folgte, der Franzi versuchte die Situation mit einem Scherz, der nicht gelang, zu entkrampfen, und die Mutter tat mühsam so, als wäre man ohnehin nett beisammen.

»Ich hab dich schon oft im Porsche neben deiner Mutter sitzen sehen«, sagte der Franzi, »das hat mich gerührt.«

Anna schwieg. Ja, manchmal fuhr sie im Auto mit, das schon, aber mehr, fand sie, war dazu eigentlich nicht zu sagen.

Die Mutter hingegen errötete leicht und lächelte. »Was daran hat dich denn gerührt?« fragte sie.

»Der kleine blonde Kopf der Anna neben dir,

und wie ihr lebhaft miteinander geredet habt«, antwortete der Franzi, »das war sehr lieb.«

Langsam hörte das nächtliche Ausbleiben der Mutter auf. Wer dafür aber immer selbstverständlicher die Nächte bei ihnen verbrachte, war der Franzi.

»Aha, der wohnt jetzt bei euch«, hörte Anna die Omi sagen. Es klang ein wenig so, als wundere sie das. »Ja, der Franzi zieht zu uns«, lautete die etwas reservierte Antwort der Mutter.

Eines Tages wurde ein großes, hölzernes Schaukelpferd angeliefert. Es war naturgetreu geschnitzt, mit Augen, Mähne, Sattel und Zaumzeug. Vom Alter hergenommen, die Farben vergilbt, war dieses Pferd dennoch wunderschön. Es stammte aus einem aufgelassenen Ringelspiel, und man konnte auch wirklich noch darauf schaukeln, samt intakter Mechanik befand es sich plötzlich in Annas Zimmer. Als sie zum ersten Mal hinaufkletterte, tat sie es ein wenig ängstlich. Aber dann faßte sie Vertrauen zu dem Schwung, mit dem man auf diesem Pferd schaukeln konnte, ihr war, als flöge sie hin und her.

»Immer schön festhalten!« mahnte der Opi, der dabei auf sie aufpaßte. Es gab vorne, am Nacken des Pferdes, über der schön geschnitzten Mähne, einen massiven, eisernen Haltegriff. »Viele Kinder haben sich daran schon festgehalten, wie dieses Pferd noch in einem Ringelspiel im Kreis gefahren ist«, sagte der Opi, während Anna das Metall unter ihren Händen fühlte.

»Franzi hat das alte Hutschpferd schon vor längerer Zeit erstanden und immer in seinem Zimmer gehabt«, erklärte die Mutter, »aber jetzt schenkt er es uns. Oder dir. Freust du dich darüber?«

Anna nickte. Ja, sie freute sich darüber.

Ein riesengroßes, schwarzes Klavier wurde ebenfalls aus Franzis Elternhaus herbeitransportiert. »Ein echter ›Bösendorfer‹!« bewunderte die Mutter den Flügel, der dann im Salon stand. Franzi saß oft davor.

»Weißt’, Anna«, sagte er, als sie einmal etwas zu erlauschen versuchte, »dabei kann ich ja gar nicht spielen, ich klimpere nur herum, aber das sehr gern. Und manchmal kommt dabei trotzdem eine Melodie heraus.«

Er liebte Bilder, sammelte sie, und Bilder hingen bald an den Wänden. Ein antiker Paravent umgab schützend das Bett des Paares. Allmählich veränderte sich die ganze Wohnung.

Und noch mehr veränderte sich.

Eines Tages wurde wirklich geheiratet.

Anna wußte nicht recht, was eigentlich geschah. Es gab doch schließlich ihren Vater, der sie oft mit seiner wilden Art erschreckte und den sie liebte. Der selten, aber immer wieder auftauchte, mehr oder weniger betrunken, jedoch stets als ihr einziger, ewiger Dada.

»Der Franzi soll nur dein Freund sein«, hatte die Mutter ihr versichert, »der Udo ist und bleibt dein Vater!« Trotzdem konnte Anna nicht verstehen, warum dieser seltsame junge Mann geheiratet werden mußte. Warum ihr Vater, der wirkliche Vater, so weit weg war, seinem Kind so selten nah, warum sie ihn kaum treffen konnte, mit ihm sprechen, auf diese gewisse eigenwillige Art, die sie immer gut nachvollziehen und mit ihm teilen konnte, auch wenn sie verworren, erschreckend und ungebührlich auf andere wirkte. Warum ihr Vater Udo, der Dada, auf einmal in so weite Ferne, so ganz aus ihrer Gegenwart gerückt worden war, als gäbe es ihn nicht. Und daß der Franzi wirklich ihr Freund sein würde, konnte Anna sich auch nicht so recht vorstellen.

Knapp bevor die Hochzeit vollzogen werden sollte, ergab sich ein Zwischenfall, den Anna mitbekam. Es war nach der Schule, sie saß an ihrem Tisch und zeichnete gerade mit Buntstiften einen Blumenstrauß, als die Mutter zornschnaubend hereinkam, sich auf das Bett fallen ließ, und »Nein, so nicht! So nicht!« rief.

»Was denn?« fragte Anna, die sich genähert hatte.

»Ach, der Franzi!« Heftiges Atmen, Anna blieb neben dem Bett stehen und wartete ab, bis die Mutter weitersprach. »Du weißt doch, er ist mit Gerhard in Prag, die beiden wollen sich dort die russischen Panzer anschauen, wie sie die Stadt einnehmen, ohnehin deppert, aber wie Männer eben sind. Und mich hat er gebeten, währenddessen unser Aufgebot zu bestellen, am Standesamt, das muß man vor der Hochzeit, und ich hab ja dazu gesagt. Und jetzt stell dir vor, Anna – dort merke ich, weil ich seine Papiere dabeihabe, daß er noch jünger ist, als er's mir gesagt hat! Er ist erst zweiundzwanzig! Ich heirate ein Kind!«

»Er schaut aber gar nicht aus wie ein Kind«, tröstete Anna, »er schaut genauso alt aus wie du.«

Da lachte die Mutter auf. »Danke!« sagte sie.

»Aber er hat mich belogen«, fügte sie dann, wieder ernst geworden, leise hinzu.

Trotz des Aufschreis der Mutter, trotz ihres ›So nicht!‹ – die Hochzeit fand statt. Was Anna dabei am meisten bewunderte, war das Kleid der Mutter. Es war aus einem schillernden, indischen Stoff, Gold, Blau, Lila, Silber, Rot, die Farben flossen ineinander. Die Ärmel waren lang, aber der Rock war kurz. Ein sogenannter Mini-Rock, damals beherrschend in Mode gekommen. Die Mutter trug ihr Haar lang und offen, und statt eines Brautstraußes aus Blumen trug sie einen aus buntem Seidenpapier.

Anna durfte am Standesamt dabei sein. Auch in einem hübschen Kleidchen, geborgen zwischen Omi und Opi, sah sie viele fremde Menschen, die sie noch nie zuvor gesehen hatte. Ein uralter Mann hieß ›Op‹ und war Franzis Großvater. ›Hasi‹ wurde seine Mutter gerufen, eine riesengroße, elegante Frau, mit eher herben Gesichtszügen und sorgsam toupiertem Haar. Sie und Omi sprachen anfangs gezwungen freundlich miteinander, sollten sich aber später auch wirklich befreunden. Und dann gab es Franzis Bruder, dessen Familie, Freunde und Bekannte. Anna war in der ganzen Schar das einzige Kind und wohnte dieser Vermählung ihrer Mutter ein wenig wie ein Fremdling bei.

Als man nach der Zeremonie, die vom Klikken der Fotoapparate einiger Presseleute begleitet worden war, das Standesamt verließ, wurden weiße Wogen Reiskörner über das Paar geworfen, und auch das fotografisch festgehalten.

Die Omi schüttelte sich hinterher noch Reis aus ihrer Frisur, nahm Anna fest bei der Hand und nach allen Seiten hin energisch Abschied. Mitsamt dem Opi begaben sie sich schnurstracks zur Straßenbahn und gelangten bald wieder in die stille Grinzinger Wohnung zurück.

Anna wurde erklärt, daß es in der Villa von Franzis Mutter ein großes Abendessen gäbe, sie aber dazu nicht eingeladen sei, weil eben nur Erwachsene daran teilnehmen würden. Deshalb wäre sie ihren Großeltern anvertraut worden, die würden bei ihr bleiben, bis das Festmahl ende.

Irgendwann nachts schreckte Anna aus dem Schlaf hoch. Getöse herrschte auf der Gasse. Nebenan hörte sie die Stimmen des Hochzeitspaares, das wohl erst spät heimgekehrt und jetzt unsanft aus der ersten Nacht als Frischvermählte gerissen worden war, sie hörte einen aufgeregten Wortwechsel. Dann lautes Rufen der Mutter, wohl aus dem Fenster zur Gasse hin.

»Udo! Was soll das!« schrie sie, »das ist doch reiner Blödsinn, laß das bitte! Fahr wieder weg!«

»Wenn'st schon den Scheißkerl hast heiraten müssen, möcht' i wenigstens auf meine Weise gratulieren!«

Das war der Vater. Trotz des Lärms konnte Anna ihn deutlich verstehen. Weil er brüllte wie ein wildgewordener Stier.

Es hielt sie nicht mehr in ihrem Bett, sie stand auf und schlich durch die Küche und den Vorraum an eines der Fenster im dunklen Salon. Und da sah sie ihren Vater auf einem panzerartigen Militärfahrzeug stehen, das die ganze Gasse einnahm und alles rundum vibrieren ließ. Er trug eine russische Pelzmütze, eine Uniformjacke, die ihm viel zu groß war, und fuchtelte mit einer Pistole herum. Dabei lachte er, aber es war ein Lachen, das Anna weh tat. Obwohl sie sich auch seiner schämte, tat der Vater ihr plötzlich schrecklich leid.

»Mach dir nichts draus.« Das war die Stimme der Mutter, die hinter sie getreten war. »Der Dada ist einfach nur ein bisserl zu betrunken,

Anna. Er mag den Franzi nicht sehr, und daß –
na ja, er wird sich daran gewöhnen, wirst sehen,
und für dich und ihn wird sich nichts ändern.«

»Er soll endlich von dem Panzer runterklet-
tern und wegfahren«, sagte Anna.

»Das tut er sicher gleich«, antwortete die
Mutter und legte die Arme um sie. So blieben
sie gemeinsam vor dem Fenster stehen, bis der
Vater wirklich vom Fahrzeug heruntersprang,
noch einmal »Wünsche einen feinen Fick!«
brüllte, auflachte, in die Fahrerkabine stieg, das
Gefährt wendete und es aus der Gasse lenkte.
Langsam verklang das Getöse. In der Nachbar-
villa erloschen die erleuchteten Fenster wieder,
Stille senkte sich herab.

»Na bravo.« Der Franzi war jetzt auch hinter
ihnen im Salon aufgetaucht. »Das war vielleicht
ein Ständchen. Erlebt kaum wer so.«

Die Mutter wandte sich um und seufzte.

»Laßt uns weiterschlafen, es wird bald hell.«

Sie führte Anna zurück, ließ sie ins Bett klettern und deckte sie zu. Dann gab sie ihr einen
Kuß, ging in das Nebenzimmer und schloß die
Tür hinter sich. Aus dem ehelichen Bett war
noch eine Weile leises Gespräch und Gekicher
zu hören, ehe das Schweigen siegte.

Es etablierte sich also ein eigenwilliges Familien-
leben, bei dem Anna nie so recht wußte, wie
ihr in Wahrheit geschah. Ja, schon, der Franzi
war freundlich zu ihr, konnte Lustiges erzählen
und am Klavier manchmal Lieder erfinden, die

ihr gefielen. Aber er hatte oft seine Freunde zu
Besuch, mit denen er seltsam sprach, viel Fremdes kam in die vertraute Wohnung, und er, der
Franzi selbst, blieb Anna auch irgendwie fremd.
Sie spürte, daß die Mutter sich über mehr Gemeinsamkeit zwischen Tochter und Ehemann
gefreut hätte, konnte ihr den Gefallen aber
nicht tun. Etwas in ihrem eigenen Wesen, ihrem
Charakterbild gehörte zum Vater.

Und die Mutter blieb der Tochter jetzt fern,
öfter fern als früher, sie mußte viel verreisen,
fuhr immer wieder zu Dreharbeiten, spielte
große Rollen in Filmen, die ihr nach dem Erfolg von ›Bel Ami‹ reichlich angeboten wurden.

Daheim nun lebte ein Mann neben Anna,
der nicht, wie der Friedel früher, als ein Freund
Nähe zu ihr fand. Trotz seiner Jugend wirkte er
nicht wirklich jung, er schlief lange, blieb endlos lang im Badezimmer, war eben Poet, und
außerdem Discjockey im Radiosender Ö3.

Wenn Anna in Abwesenheit von Mutter oder
Opi ein Asthmaanfall ereilte, reagierte Franzi
schon besorgt, stand ratlos neben ihr und versuchte dann die Hinweise der Mutter zu be-
folgen, ihr den ›Luft‹-Spray zu reichen, sie
aufzurichten und zu massieren, auch ein paar
Scherze ließ er sich einfallen, die sie beruhigen
sollten. Aber Anna spürte, daß er sich davon
eher unangenehm berührt fühlte. Daß sie letztlich mit seinem Leben nichts zu tun hatte, er
sie als unvermeidbare Zutat dieser Ehe in Kauf
genommen hatte.

Obwohl ein Zwischenfall Anna an seiner Liebe zur Mutter zweifeln ließ. Oder, mehr noch, sie ihm diese Liebe nie mehr glauben sollte.

Eines Nachts, als die Mutter zu Dreharbeiten verreist und auch der Opi abwesend war, bekam Anna Angst. Es stürmte und ein Ast schlug gegen ihr Fenster, es war, als wolle jemand in ihr Zimmer dringen. In Panik stand sie auf, um ausnahmsweise einmal bei Franzi Zuflucht zu suchen, sie wähnte ihn nebenan im Ehebett.

Als sie die Tür zum Schlafzimmer öffnete, sah sie im Licht der Nachttischlampe eine nackte Frau dort liegen, wo sonst ihre Mutter lag, und ebenfalls nackt und irgendwie mit ihr verschlungen, den Franzi. Beide wandten sich ihr erschrocken zu, Anna aber schloß die Tür blitzschnell wieder und kroch eilig in ihr Bett zurück.

Sie preßte ihre Augen zu. So fest sie nur konnte, tat sie es, als könne dadurch das Bild dahinter, das des nackten Paares, wieder verschwinden.

Wußte die Mutter von solch nächtlichem Besuch? Sicher nicht! Das war auch ihr, einem kleinen Mädchen, völlig klar, nie im Leben würde sie der Mutter erzählen, was sie vorhin gesehen hatte.

Nach einer Weile schlich der Franzi ins Zimmer und trat an ihr Bett. Er sprach leise und stockend auf sie herab. »Anna – bitte – das war nur – nur eine – sie ist eine junge Sängerin, weißt du, mit der ich arbeite – das hat nichts mit deiner Mutter zu tun, weißt du – sie muß davon auch gar nichts wissen – ist eh schon weg – was wolltest du denn von mir? –«

Als Anna sich aber nicht rührte und auch ihre Augen nicht öffnete, ging er seufzend wieder ins Nebenzimmer zurück und schloß die Tür hinter sich.

›Der Onkel‹ kam immer häufiger zu Besuch, wohl auch von solchen Begebenheiten und einem allzu ungewissen kindlichen Lebensumfeld gefördert. Aber Anna selbst wollte nicht krank sein, sie haßte ihn, diesen ›Onkel‹. Und mehr und mehr litt sie unter den besorgten Blicken der Mutter, mehr als unter jeder Form der Nicht-Beachtung. Wenn ihr Atem zu rasseln begann, konnte sie sich des sofortigen Erschreckens in den mütterlichen Augen sicher sein. Auch wenn diese so tat, als höre man dieses Geräusch gar nicht, als sei sie selbst völlig unbesorgt, als müsse nur mit leichter Hand der Cortison-Spray bedient werden, als sei alles Normalität. Die Mutter, obwohl ausgebildete Schauspielerin, spielte ihre Gelassenheit oft äußerst schlecht. Ihre Besorgnis und Angst waren der Tochter sofort fühlbar und sichtbar.

In diesen Jahren war eine ehemalige Kollegin aus der Schauspielschule, und nach wie vor gute Freundin der Mutter, ebenfalls am Burgtheater engagiert. Sie spielte zwar nur kleine Rollen, war aber eine glühend theaterbegeisterte, hüb-

sche Frau, und immer wieder einmal in Grinzing zu Gast.

Nach dem Ungarn-Aufstand und der Flucht
ihrer Eltern aus Budapest in die Schweiz,
wuchs sie in Zürich auf und hieß Zsoka. Gerufen wurde sie ›Schooka‹. Anna fand, daß dieser
seltsame Name sie irgendwie lustig an ›Schokolade‹ gemahnte.

Diese Zsoka also nahm nun ebenfalls wahr,
daß es der Tochter ihrer Freundin gesundheit-
lich nicht gut ging.

Sie saß eines Nachmittags mit der Mutter in
der Küche bei weit geöffneter Tür beisammen,
sie plauderten anfangs und tranken Tee. Anna,
die im Nebenzimmer ausruhend auf dem Bett
lag, da sie kurz davor einen heftigen Asthmaanfall überwunden hatte, beobachtete die beiden Frauen. Und sie erspähte dabei das lang-
same Hervorbrechen von Klage und besorgten
Erwägungen. Sie verstand die Worte nicht, die
gesprochen wurden, aber sie sah den einander
zugewandten Gesichtern das Thema ihres Gesprächs an.

Sie, Anna, war das Thema.

Sie und ihr Asthma.

»Die Schweiz ist schön«, sagte die Mutter eines
Tages zu ihr, als sie in der kleinen Küche zu
Abend aßen, und Anna wußte darauf nicht viel
zu antworten.

»Ich war ja bei Zsoka in Zürich zu Besuch, als
wir noch zur Schauspielschule gegangen sind«,

fuhr die Mutter fort. »Ihr Pflegevater ist Geiger und leitet ein wunderbares Kammerorchester, sie lebte als Kind in einem schönen Haus bei Künstlern, die Frau malt, da hat sie es gut getroffen. Aber auch ihre Schwestern sind bei Pflegefamilien aufgewachsen, die Mutter arbeitet nämlich als Directrice in einem Luzerner Hotel, und wohnt dort auch. Das Ganze ist tragisch, weißt du – der Vater ist in Amerika ums Leben gekommen – er war Arzt und wollte die Familie ja nachholen, sobald er sich eingelebt hätte – aber so sind halt alle dort geblieben, wo sie nach der Flucht aus Ungarn eigentlich nur kurz hätten bleiben wollen.«

Anna aß weiter ihr Butterbrot. Daß ihr da etwas so ausführlich erzählt wurde, mußte wohl irgendeinen tieferen Sinn haben. Die Mutter sprach zwar über alles und jedes mit ihr, aber nur, wenn es gemeinsames Erleben betraf, warum jetzt plötzlich das Schicksal einer fremden Frau?

Auch die Mutter biß vom Brot ab, kaute und schwieg.

»Zsoka hat eine jüngere Schwester, die heißt Kinga«, sagte sie nach einer Weile. Anna blickte hoch.

»Ja – und diese Kinga lebte als Kind bei einer lieben Familie in Ägeri.« Die Mutter stockte. »Das ist ein Dorf am Ägeri-See«, erklärte sie dann, »der liegt nicht weit von Zürich in den Bergen, sehr schön. Du weißt ja, die Schweiz ist sehr schön.«

Anna sah die Mutter immer noch an. Sie ahnte plötzlich, daß diese seltsamen Ausführungen etwas mit ihrer Zukunft zu tun haben würden.

»Dort in Ägeri –«, begann die Mutter erneut, und es schien ihr schwerzufallen, »dort – es ist ein Heim für Kinder, weißt du – aber ein ganz familiäres! – dort kann man auch etwas gegen Asthma – also gegen den Onkel tun – dort sind Kinder, die von den Eltern hingebracht werden, um sich zu erholen und gesund zu werden! Die Luft ist rein, ganz wunderbar, wegen der Berge rundherum – die Kinga – also die Schwester von der Zsoka – war so gern dort –«

Die Mutter sah Anna eindringlich an.

»Was würdest du davon halten, eine Weile dort zu sein? Hm? Um gesund zu werden? Damit wir diesen blöden Onkel vergessen können? Wie wäre das?«

»Wir beide?« fragte Anna.

Die Mutter unterdrückte ein Aufseufzen.

»Natürlich bringe ich dich hin!« antwortete sie dann mit einer Munterkeit, die nicht echt klang, »nur –«

»Ich muß alleine dortbleiben?« fragte Anna.

»Aber ich werde dich besuchen kommen! So oft ich kann! Und Zsoka ist dann auch wieder in Zürich, also ganz in deiner Nähe!«

Das alles beruhigte Anna nicht, sie bekam Angst.

»Aber die Schule –«, fiel ihr plötzlich ein, »ich muß doch hier in die Schule gehen!«

»Das kannst du dort auch, Anna!« antwortete die Mutter eifrig, »es gibt bei den Bossards einen Schulbetrieb, alle Volksschulklassen, beide sind auch Lehrer!«

»Bei den –?«

»Ach so, ja! Also Herr und Frau Doktor Bossard leiten dieses Kinderheim, Zsoka sagt, es sind zwei ganz besonders liebe Menschen, die Bossards, vor allem die Frau Doktor! Sie hat Kinga nach der Flucht und dem Tod des Vaters in Amerika wie ihr eigenes Kind bei sich aufgenommen!«

»Aber ich bin doch dein Kind –«, sagte Anna leise.

»Natürlich, Anna!« Die Mutter legte die Arme um sie und hielt sie fest an sich gedrückt. »Bei uns ist das ganz etwas anderes – du fährst doch nur dorthin, um gesund zu werden, nur wegen des blöden Onkels. Und nur eine Zeit lang. Hier bei mir ist dein Zuhause, du wirst in Ägeri lediglich auf einem Erholungsurlaub sein – ja, genau! So mußt du das sehen –«

Heftig wie selten von der Mutter umarmt, kamen Anna plötzlich die Tränen. Sie spürte die Wärme des mütterlichen Körpers, ein schnelleres Atmen, spürte, daß auch deren Traurigkeit und Angst zu dieser Umarmung geführt hatten.

»Nicht«, flüsterte die Mutter, »nicht weinen, Anna. Wir machen das schon, du wirst sehen. Es wird gut für uns sein. Für uns beide.«

Es wurde also beschlossen, daß dieser Ortswechsel in die Schweiz möglichst bald stattfinden sollte.

Als man ihren Vater davon in Kenntnis setzte, war der überraschenderweise sehr dafür. »Die Schweiz is' klaß«, sagte er zu Anna, »dorthin schicken's net umsonst alle ihr Geld, des is' a ruhiges, reiches Land, wird dir g'fall'n, wirst sehn!«

Daß der Dada so dafür war, sie nach Ägeri zu schicken, half Anna ein wenig über ihre Furcht hinweg. Denn sie fürchtete sich. Allein würde sie sein, irgendwo zwischen fremden Menschen, in einem fernen Land.

Aber auch von den Großeltern wurde sie aufgerichtet und auf Erfreuliches hingewiesen. »Deine Mutti hat als Kind kein Buch lieber gelesen als ›Heidi‹«, erzählte die Omi, »das handelt von einem kleinen Mädchen, das in die Schweizer Berge kommt und dort aufgepäppelt und groß und stark wird – so wie du jetzt! Ganz gesund wirst du zurückkommen!«

Und der Opi zeigte ihr Postkarten, auf denen schneebedeckte Gipfel, Almwiesen und Berghütten zu sehen waren. »Die haben Freunde mir aus der Schweiz geschickt, die waren dort auf Schi-Urlaub, in St. Moritz, und ganz begeistert! Schau, wie schön!« erklärte er.

»Na ja, die –«, murmelte die Omi, »die können sich im Gegensatz zu uns so was leisten –«

»Eben!« trumpfte der Opi ausnahmsweise einmal auf, »und unsere Anna auch!«

Anna hörte zu, nickte zu dem allen, und bemühte sich, weniger traurig zu sein. Vielleicht
würde dort wirklich der blöde ›Onkel‹ verschwinden, kein Husten und keine Atemnot
sie mehr ereilen, vielleicht könnte aus ihr dort
wirklich ein gesundes Kind werden.

Sie sah also nach den Ferien die Neulandschule, ihre Lehrerin und alle Mitschülerinnen
nicht wieder. Am Ende der Sommermonate,
ehe das nächste Schuljahr beginnen sollte, be-
stieg Anna mit ihrer Mutter eine Maschine der
Swissair nach Zürich. Man hatte einen großen
Koffer sorgfältig vollgepackt, und der befand
sich jetzt im Bauch des Flugzeuges. Anna saß
am Fenster, die Mutter dicht neben sich, und
beide blickten sie hinunter auf die Welt.
Es war ein wolkenloser, sonniger Tag.
»Schau dir doch mal diese Schweiz an«, sagte
die Mutter, als sie sich schon nach einer knap-
pen Stunde im Anflug auf Zürich befanden, »ist
hier nicht alles so geordnet und friedlich schön
wie kaum irgendwo sonst?«
Wirklich fand auch Anna, daß Wiesen, Felder, Dörfer, Hügel, Wäldchen, daß alles und
jedes wie blank geputzt wirkte, so behütet, als
gäbe es auf Erden kein Ungemach.
»Ja, schaut schön aus«, sagte sie.
»Und so wird es auch in Ägeri sein, wirst
sehen!«
Aber immer noch wollte Anna nicht daran
denken, irgendwo bleiben zu müssen, und sei

es noch so schön, weil die Mutter sie dort zurücklassen würde. Also gab sie keine Antwort mehr. Gleichzeitig fühlte sie, daß die Mutter sie besorgt betrachtete.

»Zsoka ist ja für diese Saison in Zürich am Theater, also ganz in deiner Nähe, die wird dich oft besuchen!«

Auch darauf erwiderte Anna nichts, sie blickte weiter aus dem Fenster und nickte nur leicht. Zsoka war sicher nett und freundlich, aber eben Zsoka, eine Frau, die sie kaum kannte.

Von ihr wurden Mutter und Tochter am Züricher Flughafen in Empfang genommen. Sie kam den beiden am Ausgang, nach den automatisch vor ihnen aufspringenden und sich hinter ihnen schließenden Schwingtüren, freudig entgegengelaufen.

»Wie schön! Da seid ihr ja endlich!« rief Zsoka. »Hallo Anna! Freust du dich?«

Man umarmte einander, und Anna wußte nicht, worüber sie sich hätte freuen sollen. Lieber hätte sie geweint.

»Kommt, laßt euch doch mit dem schweren Gepäck helfen! Mein Auto steht drüben in der Parkgarage – ist ja nicht weit!«

Die Freundin und die Mutter trugen also gemeinsam den Koffer und die Reisetasche vor Anna her, und sie folgte den beiden Frauen, als folge sie einem Leichenzug. Ihr Herz war so schwer. Damals am Flughafen in Athen hatte sie in der wartenden Menge den Vater erspäht, sein Lächeln hatte sie gelehrt, ihn zu lieben, und ein gemeinsamer Sommer mit den Eltern lag vor ihr. Hier aber, auf Schweizer Boden, wechselten die Mutter und Zsoka Worte, die sie kaum verstand, die aber mit etwas Zukünftigem zu tun hatten, vor dem sie sich fürchtete. Zsoka wandte sich während des Weitereilens plötzlich um.

»Du, Anna! Die Frau Doktor Bossard ist schon so gespannt auf dich! Sie meint, durch die gute Luft in den Schweizer Bergen sei noch jeder gesund geworden!«

Die Mutter rempelte ihre Freundin an.

»Und so sehr krank, Anna, bist du schließlich nicht!« rief sie auch, ohne stehenzubleiben, »du sollst es vor allem lustig haben dort, mit vielen anderen Kindern, mit Spielen und Sporteln und Schwimmen!«

»Schwimmen?« fragte Anna.

»Es soll doch dort auch einen See geben – nicht wahr, Zsoka?«

»Ja, den Ägeri-See«, antwortete Zsoka eifrig, »das ist ein wirklich sehr hübscher See, nicht zu groß, und liegt ganz nah beim Kinderheim!«

Kinderheim.

Dieses Wort fiel auf Anna wie ein Stein und zermalmte in Sekundenschnelle ihr kurzes Interesse an möglichen Badefreuden. Sie mußte in ein Kinderheim. Warum nur.

»Dort drüben steht mein Auto!«

Zsoka bezahlte die Parkgebühr, und sie bestiegen kurz darauf das bescheidene Gefährt.

Anna mußte am Rücksitz Platz nehmen, die beiden Frauen blieben während der Fahrt weiterhin im Gespräch, wandten sich ihr aber immer wieder zu. »Schau Anna, diese herrlich grünen Wiesen!« rief da die Mutter zum Beispiel mit allzu munterer Stimme. Oder: »Schau, dort vorn tauchen schon die ersten Gebirgszüge auf – siehst du sie?«

Und Anna nickte.

Es war ein sonniger Tag, nur wenige Wolken flogen durch den blauen Himmel, und was sie jetzt erspähte, war ja wirklich recht schön. Die Schweiz war wohl so schön, wie die Mutter, Omi und Opi und der Dada ihr vorausgesagt hatten. Aber gerade diese Schönheit stimmte Anna traurig, machte ihr sogar Angst. Weil sie sich irgendwann ganz allein in ihr befinden würde.

»Die Stadt Zug ist auch nah bei Ägeri!« rief Zsoka, ohne die Straße vor sich aus den Augen zu lassen, »dorthin machen die Bossards sicher einen Ausflug mit euch, sie machen immer viele Ausflüge. Bei Zug gibt es einen Berg, der heißt Pilatus, von dem aus hat man eine wunderbare Aussicht, du wirst sehen!«

»Du wirst überhaupt viel Schönes sehen«, fügte die Mutter leise hinzu.

Und sie sprach plötzlich wenig, die Unterhaltung mit Freundin Zsoka stockte, Schweigen machte sich im Auto breit. Da fühlte Anna, daß auch die Mutter litt. Daß all ihre munteren und aufbauenden Worte eben nur Worte waren.

Daß es auch ihr schwerfiel, ihre kleine Tochter jetzt in einem Kinderheim abzugeben.

»Ich bleibe einfach noch bis morgen, hoffentlich gibt es in Ägeri ein nettes Hotel«, sagte die Mutter plötzlich, »du kannst sicher diese Nacht noch mit mir sein, Anna, da schauen wir uns morgen erst mal alles gemeinsam an.«

Zsoka blickte kurz zur Mutter hin.

»Das wird die Frau Doktor nicht wollen«, sagte sie dann.

»Warum nicht wollen?« Die Frage der Mutter klang scharf.

»Sei jetzt nicht ungehalten – aber ich weiß, daß man es im Heim nicht mag, wenn die Abschiede von den Kindern beim ersten Hinbringen hinausgezögert werden. Auch bei meiner Schwester Kinga war das so, oder als ich anfangs bei meinen Pflegeeltern bleiben mußte. Der erste Abschied muß schnell gehen, es ist wie ins Wasser springen, weißt du – alle werden sonst nur noch trauriger, das Weitere muß Anna dann ja allein schaffen, und es hilft ihr, wenn sie es gleich tun kann –«

»Zsoka! – mußt du das so ausführlich –«

Vom Rücksitz aus nahm Anna wahr, daß die Mutter, obwohl sie im Satz abbrach, die Freundin jetzt gern heftig gerügt hätte. Aber auch Zsokas bestimmten Ton, mit dem sie den plötzlichen Einfall der Mutter verwarf, hatte sie wahrgenommen. Und mit Kinderklugheit erspürt, daß es wohl so war. Daß sie, Anna, gleich würde hier bleiben müssen. Allein. Heute noch.

Ägeri war ein nettes und anheimelndes Dorf, nur einstöckige Häuser, oft Gärten rundherum, die gepflegte Hauptstraße führte direkt zum Kirchenplatz hin.

»Weißt du was, Anna? Ich zeige dir erst mal den See!« Zsoka bog fröhlich auf ein schmales Sträßchen ab.

»Das ist eine gute Idee«, sagte die Mutter, und ihr Blick auf die Freundin wurde wieder milder.

Sie kamen an eine hübsch geschwungene Uferpromenade, parkten, stiegen aus, und Anna sah den tiefblauen See vor sich liegen. Das Schilf an seinem Rand knisterte leicht im Wehen der Luft.

»Dort drüben ist das Schwimmbad, siehst du's?« deutete Zsoka. Und wirklich konnte man in der Ferne einen Sprungturm, Kabinenhütten, und sogar ein paar Badbesucher erkennen. »Da werdet ihr sicher oft zum Schwimmen hingehen, wenn das Wetter gut ist!«

Anna nickte. Zu mehr konnte sie sich nicht aufraffen, ihr war, als könne sie nicht sprechen ohne zu weinen. Ja, ein Schwimmbad, gut und schön. Aber wer würde mit ihr dorthin gehen? Doch kein einziger vertrauter Mensch.

»Der See ist wunderhübsch, nicht wahr, Anna?«

Die Mutter hatte träumerisch über die Wasserfläche hinweggeblickt und wandte sich jetzt der Tochter zu. Aber Anna konnte auch diese Frage nur nickend beantworten. Sie brachte kein Wort heraus, der See, das Dorf, dieser schöne Spätsommertag, ein blauer Himmel, die im Wasser gespiegelten Wölkchen, alles war ihr eine Last.

»Also, zu den Bossards!« rief Zsoka, »hinein ins Auto!« Alle drei kletterten auf ihre Sitze zurück und los ging es. Jetzt schnurstracks zum Kinderheim, dachte Anna, um mich dort abzugeben. Wie ein Paket.

Das große Einfahrtstor stand offen, Kies knirschte unter den Rädern. Als das Auto anhielt, sah Anna zum ersten Mal das mehrstöckige, große, aus dunklem Holz erbaute Haus. Es wirkte einladend, eher wie ein im Schweizer Stil gehaltenes, ausgedehntes bäuerliches Anwesen. Umgeben war es von hochstehenden Wiesen, Baumgruppen, Blumenrabatten und einer dem Sport dienenden Rasenfläche, wo einige Kinder Fußball spielten.

»Schau, wie gemütlich!« rief die Mutter, nachdem sie ausgestiegen waren. Und wirklich gewann man nicht den Eindruck von Internatsleben und Strenge, alles wirkte wie Sommerurlaub.

Eine ältere, grauhaarige Dame trat aus der Haustür.

»Liebe Frau Doktor, da sind wir«, sagte Zsoka, »hier bringe ich Ihnen also die kleine Anna aus Wien!«

»Ah, das Anneli!«

Wie diese Frau sich ihr zuwandte, wie offen

sie blickte, wie sie lächelte, das tat Anna augenblicklich wohl. Das auf frische Weise leicht gebräunte Gesicht, die Freundlichkeit in den hellen, lebhaften Augen, die schmale, hohe Gestalt – Frau Doktor Bossard gewann sofort Annas Herz. Auch als warme, trockene Hände ihre eigenen kleinen Kinderhände umfaßten, schenkte das dem verängstigten Mädchen unvermittelt ein Gefühl der Sicherheit. Und dieses Gefühl sollte Anna in all den Jahren nicht verlieren. Die ›Frau Doktor‹, wie man sie stets nannte, wurde und blieb ihr Halt.

Erst nachdem sie mit ungeteilter Aufmerksamkeit die kleine Tochter wahrgenommen hatte, begrüßte die Leiterin des Kinderheimes auch die Mutter. Sie tat es auf natürliche Weise und freundlich. Als die beiden Frauen einander jetzt die Hand reichten, war alle Bedrückung aus dem Gesicht der Mutter verschwunden, sie lächelte erleichtert.

»Es schaut ja ganz so aus, als würde meine Tochter bei Ihnen schnell heimisch«, sagte sie, »ich kenne sie gut genug, um zu sehen, daß es ihr hier auf Anhieb gut gefällt!«

»Aber das hoffe ich doch«, antwortete die Frau Doktor lächelnd, »wir sind hier eine große fröhliche Familie, und das Anneli wird sich sicher wohlfühlen bei uns.«

Anna mochte es, ›das Anneli‹ genannt zu werden. Auch fiel ihr eine anheimelnde Diktion auf, die deutsche Sprache klang hier ein wenig anders als zu Hause. Aber als jetzt Zsoka mit der Frau Doktor zu sprechen begann, lauschte sie verblüfft und verstand plötzlich kein Wort mehr. Ratlos sah sie zu ihrer Mutter hoch. Die lachte.

»Das ist Schweizerdeutsch, Anna, so spricht man hier, wenn man unter sich ist.«

»Sie wird es schnell lernen!« rief Zsoka. »Als wir aus Ungarn kamen, haben wir Kinder anfangs nur Schweizerdeutsch sprechen gelernt, und als ich dann Schauspielerin werden wollte, mußte ich hart an meinem Hochdeutsch arbeiten!« Sie wandte sich an die Mutter. »Nicht wahr? Erinnerst du dich? Wie ich anfangs im Seminar geredet habe?«

Die Mutter nickte ein wenig abwesend. Sie blickte einem älteren Herrn entgegen, der gerade auch aus dem Haus getreten war und sich ihnen näherte. Er hatte ebenfalls graues Haar, war ebenfalls eine schlanke, hohe, würdevolle Erscheinung.

»Das ist mein Mann«, stellte die Frau Doktor ihn vor, »wir zwei sind die Bossards«, sie lächelte, »und führen gemeinsam das Kinderheim.«

Die Mutter und Zsoka begrüßten ihn, reichten ihm die Hand, das Gespräch zwischen den Erwachsenen wurde lebhaft. Anna stand ein wenig verloren daneben, bis der Herr Doktor Bossard sich ihr zuwandte.

»Das Anneli!« sagte auch er, und er sagte es voll Freundlichkeit. »Wir haben dich erwartet. Zsoka hat uns schon viel von dir erzählt. Wir kennen sie seit langem, weißt du, seit sie klein war, ihre Schwester Kinga ist bei uns aufgewachsen.«

»Wollen wir hineingehen?« schlug jetzt die Frau Doktor vor. »Vielleicht möchte deine Mutter sehen, wie es bei uns so zugeht und wie du wohnen wirst, ehe sie uns verläßt.«

Ehe sie uns verläßt.

Dieser Satz. Er schlug zu. Da war sie wieder, die Keule der Angst. Anna sah zu ihrer Mutter hoch, deren Blick sich auch verdunkelt hatte, und die sie jetzt an der Hand nahm. Ein wenig so, als wolle sie ihr Kind eigentlich nicht loslassen

»Ja, Anna!« sagte sie jedoch, »das möchte ich wirklich gern sehen! Sicher wird's dir Spaß machen, gemeinsam mit anderen Kindern zu sein! Und sicher wird's gemütlich und schön, wie alles hier.«

»Geht ihr nur voraus«, sagte Zsoka, »ich kenne das Heim ja gut – ich hole inzwischen Annas Gepäck aus dem Auto, ja?«

Hand in Hand folgten Mutter und Kind nun dem Ehepaar Bossard in das Innere des Hauses. Wirklich war alles kindergerecht und leger eingerichtet, warmes Holz, warme Farben, keine Spur von bedrohlicher Internats-Atmosphäre. Sie sahen den Speisesaal, mit bereits für das Abendessen bunt und fröhlich gedeckten Tischen, sahen Aufenthaltsräume, mit Sofas, Büchern und Spielsachen bestückt. Auf den Gängen und Stiegen trafen sie ab und zu Kinder verschiedenen Alters, die höflich grüßten und ihnen neugierig hinterhersahen.

»Die meisten sind jetzt gerade auf dem Sportplatz, es geht um ein Fußballmatch«, sagte der
Doktor Bossard, »aber nach und nach wirst du
sie alle kennenlernen, Anneli.«

Schließlich betraten sie einen Schlafraum.

»Dieses Zimmer wirst du mit zwei Mädchen
teilen«, erklärte die Frau Doktor, »gefällt es
dir? Schau, dein Bett ist das in der Ecke –
ja, das! – und deine zwei Mitbewohnerinnen
sind sehr nett, du wirst sie mögen, sie heißen
Karla und Nadine. Jetzt spielen sie gerade Fußball.«

Anna starrte auf das Bett. Es war ein helles,
freundliches Bett mit einer geblümten Über-
decke, ein Nachttisch mit einer Nachttischlampe stand daneben, eine Kommode aus hellem Holz gab es, ja, ihr Bett wirkte ebenfalls so
›gemütlich‹, wie die Mutter hier alles zu finden
schien. Aber es war ein fremdes Bett. Eines
zwischen fremden Mädchen. Eines, in dem sie
heute nacht würde liegen müssen, zurückgelassen, allein, heimatlos.

»Ist doch sehr hübsch, Anna, nicht wahr?«

Trotz dieser munteren Frage klang die Stimme
der Mutter traurig. Der drohende Abschied
machte sich auch bei ihr bemerkbar. Anna bemühte sich, zu nicken, um ihr Einverständnis
mit dieser Schlafecke, mit dem Zimmer, mit
dem ganzen Kinderheim zu signalisieren, und
hielt tapfer ihre Tränen zurück.

Zsoka hatte inzwischen das Gepäck heraufge-
bracht, sie und die Mutter öffneten Koffer und

Reisetasche und wollten damit beginnen, einiges auszupacken.

»Das machen wir beide später, nicht wahr, Anneli?« sagte da die Frau Doktor. »Ich glaube, deine Mami und Tante Zsoka werden jetzt losfahren, damit es nicht zu spät wird.«

»Und wir zwei gehen dann aber schnell zum Sportplatz hinüber!« mengte der Doktor Bossard sich fröhlich ein. »Das Fußballmatch läuft noch, da schauen wir zwei zu, oder?«

Wieder nickte Anna, aber sie konnte nicht verhindern, daß ihre Augen naß wurden. Und als sie aufblickte, sah sie, daß der Mutter Tränen über die Wangen liefen, die sie jedoch eilig mit bloßen Händen wegwischte.

»Leb wohl, meine Anna. Laß uns nicht weinen. Ich komm dich ganz bald besuchen. Und es wird sicher lustig hier für dich, viel lustiger als in Wien, du wirst sehen!«

Sie beugte sich herab und umarmte Anna. Das Kind hielt sich einen Augenblick lang an ihr fest, als könne und wolle es nicht loslassen, gab sie dann aber wieder frei. Beide sahen einander an.

»Komm, laß uns fahren!« sagte da Zsoka. »Leb wohl, Anna, ich bin ja ganz in deiner Nähe, in Zürich, ich besuche dich oft hier in Ägeri, so oft ich kann, ja?«

Anna nickte wieder wortlos, sie brachte keinen Satz hervor. Beide Frauen verabschiedeten sich jetzt vom Ehepaar Bossard, es gab einen höflichen und bemüht heiteren Wortwechsel,

»das machen wir schon, keine Sorge« hörte
Anna sagen.

Dann wandte die Mutter sich ihr nochmals
zu.

»Hab es gut«, flüsterte sie, schloß Anna fest
in ihre Arme, ließ sie dann los und ging aus
dem Zimmer.

Nachdem ihre Mutter sie zurückgelassen hatte,
fühlte Anna sich anfangs wie leblos. Die nassen Augen trockneten. Der liebe Doktor Bossard nahm sie wirklich an der Hand und wanderte mit ihr zum Sportplatz hinüber. Sie sah
beim Fußballspielen zu, ohne viel zu sehen,
ihre Aufmerksamkeit lag brach. Dann wurde
sie mit einigen Kindern bekannt gemacht, die
beiden Mädchen, mit denen sie das Zimmer
teilen sollte, wurden ihr vorgestellt. Es waren
zwei nette Mädchen, die sie auch nett begrüßten. Annas Kleidung und Privatsachen wurden
später ausgepackt und eingeräumt, es gab ein
Abendessen, von dem sie wenig aß.

Was ihr auffiel, war ein kleiner Bub mit einem
riesengroßen Kopf. Er war aber der einzige, bei
dem sie vorerst eine körperliche Beeinträch-
tigung sah. Alle anderen schienen Kinder zu
sein, wie Kinder eben sind, laut und lebhaft.
Um Anna herrschten gesunder Appetit und
Fröhlichkeit.

Manchmal wurde sie angesprochen und gab
Antworten, sie tat es möglichst freundlich, blieb
aber einsilbig. Sie fühlte eine Leere in sich, als

wären alle Worte entglitten und davongeflogen, als sei alles, was das bisherige Leben ausmachte, verstummt.

Nach dem Abendessen wurde in den Aufenthaltsräumen noch gespielt, vorgelesen, geplaudert, aber Anna saß zwischen den anderen Kindern wie auf einer einsamen Insel. Sie war froh, als man zu Bett gehen mußte. Die zwei Mädchen wünschten ihr sehr herzlich »a guats Nächtle«, sie sagte höflich »gute Nacht«, zog die Bettdecke hoch, schloß die Augen, wollte nichts sehnlicher, als aus alledem entschwinden, was sie so fremd, so neu, so angsteinflößend umgab, und sie war müde genug, schnell einzuschlafen.

Aber der nächste Morgen schon, das Frühstück, die Freundlichkeit rundum, nahmen Anna mit sich, ihr fehlte sehr schnell die Zeit, um weiterhin traurig oder ängstlich zu sein. Sie lernte die Schule kennen, in die sie gehen würde. Die lag ein Stück weit vom Kinderheim entfernt, auf dem sogenannten ›Birmi‹. Es war dies eine Anhöhe, die die Kinder jeden Tag zu Fuß erklommen. Anna mochte diesen Hinweg über die ansteigenden Wiesen. Und ihr gefiel das ländliche Schulhaus, die Räume waren hell und freundlich, ›gemütlich‹ hätte die Mutter auch dazu wohl wieder gesagt.

Die Mutter.

Jeden Tag dachte Anna an ihre Mutter. Jeden Tag fehlte ihr die Wiener Wohnung. Aber jeden

Tag nahm dieses sehnsüchtige Zurückdenken ein klein wenig ab.

Als Tante Zsoka sie anfangs besuchen kam, war das für Anna wie ein heimatlicher Gruß, sie freute sich darüber. Auch die Frau Doktor schien diese Besuche stets zu begrüßen, Anna durfte mit ihrer Erlaubnis an Zsokas Seite das Kinderheim verlassen, mit ihr kleine Ausflüge unternehmen, oder in der Konditorei von Ägeri sitzen, bei heißer Schokolade und Kuchen. Und immer sprach Zsoka über die Mutter, wie innig sie ihre Tochter grüßen lasse, wie sie aber leider durch das Theater und durch Dreharbeiten davon abgehalten werde, Anna möglichst bald selbst zu besuchen, obwohl sie sich das so sehr wünsche. Tante Zsoka gab sich alle nur erdenkliche Mühe mit der kleinen Tochter ihrer Freundin, um ihr das Vermissen der Mutter und das Heimweh leichter werden zu lassen.

Jedoch Anna gewann nach einiger Zeit eine ›beste Freundin‹ im Kinderheim. Eines der Mädchen, mit denen sie das Zimmer teilte, wurde ihr immer vertrauter. Sie und Karla konnten miteinander meist über dasselbe kichern, waren beide nicht allzu sportbegeistert, und beide litten sie an Asthma und waren deshalb hier in Ägeri. Sie verbrachten viel Zeit miteinander, und allmählich wurden Anna die Besuche von Zsoka fast ein wenig lästig, obwohl sie es sich nicht wirklich eingestand und weiterhin bemüht war, darüber erfreut zu wirken. Aber Zsoka selbst nahm es wahr, vielleicht erleichterte sie diese Wahrnehmung auch, und sie erschien seltener im Kinderheim.

Und einen kleinen Freund gewann Anna ebenfalls, es war das Bübchen mit dem großen Kopf, das ›Jaqueli‹ gerufen wurde. Etwas an diesem seltsamen Wesen berührte Annas Seele. Dieser große traurige Kopf mit den großen traurigen Augen auf dem schmächtigen Kinderkörper, sie empfand es als eine ihr zugewiesene Aufgabe, sich mit Jaqueli anzufreunden.

Die Schule oben im Birmi wurde locker und fröhlich geführt, es gab da nicht diese Anspannung, die Anna in der Wiener Neulandschule empfunden hatte. Man schien den Unterricht nicht als eiserne Pflicht zu sehen, sondern eher als eine zwar notwendige, aber nicht alles andere überlagernde Gegebenheit. Das Wichtigste war hier wohl das Thema Gesundheit, dem ordnete sich alles andere unter. Viele der Kinder litten an leichteren oder schwereren Beeinträchtigungen, und das Ärztepaar Bossard behütete, überwachte, behandelte jedes von ihnen auf eine jeweils gemäße Weise.

Anna war viel an der frischen Luft, machte Bewegung, allein schon der Schulweg hieß sie jeden Tag kräftig durchatmen, und sie hatte seit ihrer Ankunft keinen Asthmaanfall erlitten, nur ein, zwei Mal ein klein wenig Atemnot gehabt. Sie konnte sich glücklicherweise mit Karla darüber austauschen, aber so sporadisch wie nur möglich taten die beiden Mädchen das, nur dann, wenn Ängste im Spiel waren.

Lieber war es ihnen, den blöden ›Onkel‹ zu vergessen. Karla hatte hell aufgelacht, als sie von Anna diese Bezeichnung der Asthmakrankheit erfuhr, sie aber scherzend auch für sich selbst übernommen. Der blöde ›Onkel‹, ja. Wer braucht denn den!

Anna ging also gern zur Schule, hatte Freunde gewonnen und sich an den Tagesablauf im Heim gewöhnt. Nur vor dem Einschlafen oder wenn sie nachts wach wurde, stiegen ihr manchmal Tränen hoch. Wenn sie an die Mutter dachte und deren Fernsein. Oder an ihr Zimmer daheim. Oder an den Opi. Und auch an ihren seltsamen und geliebten Vater dachte sie. Er würde sie bald einmal besuchen kommen, hatte er ihr ja eines Tages von der Frau Doktor ausrichten lassen!

Wer aber davor sehr plötzlich ihren Besuch ankündigte, war die Mutter. Sie hatte sich im bescheidenen Hotel des Ortes ein Zimmer gemietet, und zu Annas Freude wurde ihr zugesagt, sie dürfe eine Nacht mit ihrer Mutter dort verbringen.

Die kam aber direkt in einem Taxi vom Züricher Flughafen in das Kinderheim. Sie umarmte ihre Tochter voll inniger Freude, »wunderbar, wie gut du aussiehst!« – sprach aber gleich danach mit den Bossards, ließ sich von Anna ihre Freundin Karla vorstellen, begrüßte jeden strahlend, der ihr über den Weg lief. Sie brachte eine gewisse aufgeregte Stimmung in den gewohnten Ablauf des Heimlebens, die Anna mehr verwirrte als erfreute. Sie nahm wahr, daß die Anwesenheit der Mutter im Heim von allen Seiten neugierig beobachtet wurde und in ein seltsames Licht von Bedeutsamkeit geriet. Warum plötzlich? Sogar das sonst von keinerlei Glanz zu erschütternde Ehepaar Bossard benahm sich diesmal anders. Anna konnte ja nicht ahnen, daß die Mutter knapp davor mit einem Fernsehfilm noch breitere Aufmerksamkeit und Anerkennung gewonnen hatte, sogar hier in der Schweiz, und daß sie jetzt endgültig zu einem sogenannten ›Star‹ avanciert war. Für sie, das Heimkind, gab es nur ihre Mutter, die endlich einmal zu Besuch kam, und dieser Wirbel, den die Schauspielerin verursachte, war Anna unangenehm.

Sobald Mutter und Kind unter sich waren, im Dorf das Hotelzimmer besichtigten, es mit Annas Pyjama und Zahnbürste bestückten, und dann loswanderten, war die Mutter wieder nur die Mutter, und Anna ihre Tochter Anna, sonst nichts.

Es war immer noch spätsommerlich schön um den Ägeri-See. Die Mutter und Anna unternahmen einen ausgedehnten Ausflug am Seeufer entlang, und meist auf möglichst unbetretenen Pfaden. Beide mochten sie dieses Verborgensein in einer von Menschen noch weitgehend unbelästigten Natur. Im Dahinwandern stellte die Mutter mütterliche Fragen. Wie ist dein

Bett, schläfst du gut? Wie schmeckt dir das Essen? Wie geht es in der Schule? Die Tochter versuchte, alles ordnungsgemäß zu beantworten. Die Mutter lauschte aufmerksam und fragte immer wieder interessiert nach. Später dann begann auch sie zu erzählen. Von ihrer Arbeit erzählte sie, von einem Schauspieler, der sehr nett sei, vom Ärger mit Journalisten, und daß Franzi diese Leute und Zeitungen zu sehr möge. Aber auch von Tante Börgi und Tante Gitti berichtete sie, von der Cousine Feli und dem kleinen Cousin Sebastian. Und schließlich erwähnte sie, daß der Regisseur ihres letzten Filmes sie nach Mallorca eingeladen habe. Er besitze dort ein Haus, und nur als Freund und von ihrer Leistung im Film angetan täte er das, ohne blöde Absicht.

»Willst du dorthin mit mir kommen, Anna?« fragte die Mutter.

»Was ist Mallorca?« fragte Anna.

»Mallorca ist eine spanische Insel, wunderschön.«

»Mit Meer rundherum?«

»Natürlich. Aber es ist eine ziemlich große Insel.«

»Aber man kann im Meer baden?«

»Klar.«

Anna nickte. Ja, da käme sie gern mit.

»Gut! Nächsten Sommer machen wir das!«

»Was ist eine blöde Absicht?« fragte Anna noch.

Die Mutter lachte auf.

»Nichts, das dir schon Kummer machen muß«, sagte sie dann, »das tun nur Erwachsene miteinander. Sich anlügen, damit sie dann was kriegen.«

»Was kriegen?«

Die Mutter zögerte.

»Etwas, das eigentlich nur einem selbst gehört«, sagte sie.

»Sein Herz?« fragte Anna.

Die Mutter blieb stehen und sah ihre Tochter an.

»Kann man so sagen«, antwortete sie dann, nahm Annas Hand, und beide wanderten weiter.

Abends aßen sie im Restaurant des Hotels. Es gab nur wenige Tische, die waren sorgfältig gedeckt, mit weißen Tischtüchern und buntem Geschirr. Eine füllige, rotbackige Frau, mit einer ebenfalls weißen Schürze über Busen und Bauch, fragte nach den Wünschen.

»Ich liebe Geschnetzeltes mit Rösti«, sagte die Mutter, »vor allem die Schweizer Rösti liebe ich! Magst du das auch?«

Anna mochte es auch. Also aßen sie dann herrlich knusprige Rösti zum Fleisch, die Mutter trank Wein, Anna Limonade, und wieder stellte die Mutter Fragen.

»Deine beste Freundin ist also diese Karla?«

»Ja. Wir haben beide den Onkel.«

»Aber es geht dir hier doch gut, oder? War – der Onkel hier denn schon mal zu Besuch?«

Anna verneinte.

»Mein Freund ist auch der Jaqueli«, sagte sie dann, um das Thema zu wechseln.

»Ach ja?«

»Der hat einen Wasserkopf.«

Die Mutter erstarrte.

»Es gibt hier – ein Kind mit einem – Wasserkopf?«

»Der Jaqueli ist lieb«, sagte Anna, »und sehr klug.«

Wieder sah die Mutter sie an.

»Und es stört dich nicht, daß er – daß er diesen großen Kopf hat?«

»Vielleicht kann er damit besser denken als wir«, sagte Anna.

Wieder ein langer Blick der Mutter. Sie lächelte nicht, sondern sah ihr Kind an, als lernte sie es kennen.

»Möchtest du was Süßes? Vielleicht ein Eis?« fragte sie dann.

Nach dieser Nacht, die sie nebeneinander schlafend im Doppelbett des Hotelzimmers verbracht hatten, und nach einem gemeinsamen Frühstück brachte die Mutter ihre Tochter Anna wieder in das Kinderheim zurück.

»Der Dada will dich ja auch bald besuchen«, sagte sie am Weg dorthin, »er hat oft in der Schweiz zu tun, weißt du. Er trinkt jetzt gar nicht mehr, das ist gut.«

»Was tut der Dada denn so?« fragte Anna.

Die Mutter lächelte, aber Anna fand, sie lächelte, ohne sich zu freuen.

»Er hat viele Ideen«, sagte sie dann, »kluge und auch verrückte. Vielleicht wird er sogar Zuckerbäcker in Wien.«

»Zuckerbäcker!?«

»Ja! Das würde fein für dich werden, die Zuckerbäckerei Demel macht die besten Kuchen der Welt!«

»Der Dada kann Kuchen backen?«

Jetzt lachte die Mutter auf.

»Nein, das täten dann schon echte Bäcker! Er würde nur der Chef sein in dieser Konditorei.«

»Gibt es dort auch Schokolade? Und Zuckerl?«

»Alles! Schokolade, Pralinen, Bonbons! Und sicher jedes Jahr eine tolle Geburtstagstorte für dich!«

Das alles gefiel Anna. Aber irgendwie konnte sie sich ihren Vater, diesen unberechenbaren, ein wenig wilden Mann, nicht wirklich als Zuckerbäcker vorstellen.

»Aber wenn der Dada mich hier besucht –«

»Wenn er dich hier besucht, ist er ein Geschäftsmann und einfach nur dein Dada!«

Die Mutter hatte wohl erkannt, daß Anna sich da bereits etwas ausmalte, ihren Vater mit einer Schürze und Mehl im Haar vor sich sah, und daß ein Zuckerbäcker hier im Kinderheim vorbeikäme.

Als das Taxi der Mutter bereitstand, sie die Tochter umarmte, einstieg und man dann dem

Auto hinterherwinkte, überkam Anna eine schwere, eine sie niederdrückende Traurigkeit. Zwar war verheißungsvoll darüber gesprochen worden, daß sie ja zu den Weihnachtsferien nach Wien, nach Hause geholt werde, daß die Zeit bis dahin schnell vergehe, daß davor sicher noch ein Besuch der Mutter erfolge, daß der Herbst in Ägeri immer sehr schön sei, und demnächst ja der Dada zu ihr käme – es war Anna trotzdem zum Weinen zumute. Frau Doktor Bossard, die ebenfalls von der Mutter Abschied genommen und dem Taxi nachgeschaut hatte, legte jetzt den Arm um ihre Schultern.

»Sei nicht traurig, Anneli«, sagte sie, »deine Mama hat dich so lieb, das ist die Hauptsache, und wir gehen jetzt zu den anderen, die schon Kakao trinken, und es gibt frische Apfelküchle dazu, ja?«

Anna nickte und begab sich an der Hand der Frau Doktor in das Haus und in ihr Weiterleben zurück. Ja, alles ging weiter, das Leben blieb nicht stehen. Karla aß bereits ein Apfelküchlein, reichte ihr auch eines, sagte: »Deine Mutter ist aber sehr hübsch«, und Anna griff zu, und der Kakao war heiß und süß, und sie dachte kurz, ob der Dada auch Apfelküchlein haben würde in seiner Zuckerbäckerei, und dann wurde ›Mensch ärgere Dich nicht‹ gespielt, und irgendwann war es Abend, irgendwann ging man zu Bett, der nächste Tag brach irgendwann an, sie ging zur Schule, sie baute mit dem Jaqueli eine Burg im Sandkasten, sie

lernte Radfahren, schwamm an warmen Herbst-
tagen mit den anderen Kindern noch im See,
blätterte in Büchern und begann zu lesen,
etwas, das ihr Leben begleiten sollte, und so
ging es weiter, Tag um Tag.

Was Anna selbst jedoch nicht mitbekam,
war der Umstand, daß sie mehr und mehr im
Schweizer Dialekt zu sprechen begann. Da
fast alle um sie herum es taten, und da sie,
wie nahezu alle Kinder, Sprachen sehr schnell
übernehmen konnte, geschah es einfach mit
ihr.

Der Vater, als er sie nun wirklich eines Tages
besuchte, lachte schallend, als er sie sprechen
hörte.

»Bist ja ein echtes Schwyzer Meitli!« rief er.

Sie wurde rot und wußte nicht, ob sie sich
jetzt schämen mußte, denn alle in Reichweite
hatten ihres Vaters Ausruf vernommen. Aber
der fügte hinzu: »Is' aber klaß! G'fallt ma!« Da
er auch dies eher brüllte, als nur sagte, machte
sein Wohlgefallen sie unvermutet stolz darauf,
ein ›Schwyzer Meitli‹ geworden zu sein.

Nach einer Unterredung mit dem Ehepaar
Bossard packte der Vater Anna in seinen Sportwagen, gab Gas, das Auto jaulte auf, und er
brauste mit ihr los.

Die Besuche des Vaters verliefen völlig anders
als die der Mutter. Da gab es kein beschauli-
ches Dahinwandern, kein Erzählen und Zuhören. Stets kam er mit einem schnellen Auto,
und stets nahm er seine Tochter einfach mit,

besuchte mit ihr Menschen, die er ohnehin in diesen Tagen treffen wollte. Anna lernte an seiner Seite Stadtteile von Zürich recht gut kennen, auch Restaurants, auch jeweilige Geschäftspartner und auch seine Freundinnen.

Der Vater hatte ja überall und immer Freundinnen, es gab immer Frauen um ihn, und immer waren es Frauen, mit denen er auf sorglose Weise intim umging. Er verbarg es nie, sein Interesse an der Weiblichkeit, und Anna lernte ganz früh, bei ihm diesen Umstand als Selbstverständlichkeit hinzunehmen. Er war eben so, ihr Vater. Und die Frauen verhielten sich seiner kleinen Tochter gegenüber stets betont freundlich, ja herzlich. Das einzige, was Anna manchmal auffiel, war eine leise Ungeduld, als wäre sie, das Kind, ein Hindernis, dem Vater noch näherzurücken. Vor allem eine seiner Züricher Freundinnen, eine, die er eine Zeitlang regelmäßig traf, schien besonders begierig nach der ausschließlichen Zweisamkeit mit dem Vater zu sein.

»Weißt, des is a Schauspielerin am Züricher Theater«, erklärte der Vater ungeniert, als er sah, wie Anna das mitbekam, »wie deine Tante Zsoka, nur spielt's mehr und ist berühmter, außerdem fest verheiratet, und an Sohn hat's auch, da bleibt ihr net immer g'nua Zeit fürs Pudern.«

Ausdrücke wie ›pudern‹, ›ficken‹ oder ›titschkerln‹ gehörten in des Vaters Sprachschatz, er hatte Anna die Bedeutung dieser Worte sehr bald sachlich erklärt, und sie blieb von frühester Kindheit an ungerührt, wenn er sie aussprach.

Die Ausflüge, wenn der Vater sie in Ägeri abholte, verliefen für Anna jedenfalls immer kurzweilig und spannend, sie durfte im Auto neben ihm sitzen, er schnallte sie fest an, und sie beobachtete ihn, sah zu ihm auf, sah seine leicht zugekniffenen Augen im konzentrierten Dahinfahren, seinen erstaunlich empfindsam wirkenden Mund, der all dem widersprach, was oft knallhart an Sprache aus ihm kam, sah die breiten Hände fest und zuverlässig das Lenkrad umspannen, und sie liebte ihn. Vor allem, wenn er kurz zu ihr heruntersah, ihr zuzwinkerte und sie anlächelte. Wie dabei sein herbes Männergesicht plötzlich Zauber, ja Schönheit gewann, ließ Anna verstehen, wieso all die Frauen ihren Vater so sehr mochten.

Und schließlich hatte das irgendwann ja auch ihre Mutter getan, überlegte Anna, sie selbst war doch Frucht dieser Liebe. Daß die beiden sich dann wieder voneinander trennen mußten, verstand Anna ebenfalls, sie hatte ja miterlebt, wie unmöglich es gewesen war, eine familiäre Gemeinsamkeit ihrer Eltern herzustellen. Aber tief in ihrem Herzen tat es ihr weh. Tief in ihrem Herzen schlummerte der Wunsch wohl eines jeden Kindes, sie hätte diesen Vater und diese Mutter, und die zwei wären ein Paar.

Doch sie hatte das Gegensätzlichste an Eltern, das man sich vorstellen konnte. Gerade jetzt, seit sie im Kinderheim untergebracht war, konnte Anna bei deren sporadisch erfolgenden Einzelbesuchen diesen Umstand noch eindringlicher feststellen.

Auf der einen Seite der Überschwang, die Motorik und exzentrische Sinnlichkeit des Vaters, auf der anderen die scheue Sehnsucht, aber auch das allzu disziplinierte und ehrgeizige Pflichtgefühl im Leben der Mutter. Anna fühlte zwar eine in der Tiefe nicht versiegende Verbundenheit ihrer Eltern, aber die beiden konnten nicht miteinander leben, das war auch der kleinen Tochter klar.

Die Mutter träumte. Bewegte sich in Erfindungen. Ersehnte das Absolute und ging dabei an viel Lebendigem achtlos vorbei.

Der Vater hingegen war zwar Phantast, aber immer mit dem Anspruch, seine Phantasien so mächtig werden zu lassen, daß sie die Welt erobern. Und Anna sah ihn trotz des Hinweises der Mutter niemals als einen künftigen Zuckerbäcker, auch hatte der Vater ja bisher ihr gegenüber nichts dergleichen erwähnt.

Einmal, als sie ihn kurz entschlossen fragte, was denn eigentlich sein Beruf sei, sie hätte den anderen Kindern im Heim keine Auskunft darüber geben können, weil sie es nicht genau wüßte – da antwortete er ohne zu zögern: »Sag denen, dein Vater ist ein Veränderer!«

»Ein Veränderer? Das soll ich sagen? Ist das denn ein Beruf?«

»Es ist mein Beruf! Ich hab' den für mich

kreiert und auf der Welt nix anderes zu tun. Weil genau das meine Aufgabe ist. Verändern.«

Obwohl Anna sich hütete, im Kinderheim weder den Zuckerbäcker noch diese seltsame Benennung der väterlichen Tätigkeit laut werden zu lassen, wurde letzteres mehr und mehr zu etwas, das sie gut verstand. Ja, das war er, ihr Vater! Ein Veränderer! Einer, der alles umformte, sich alles zu eigen machte.

Als der Herbst mit glühenden Farben vorübergezogen war, mit lockeren Schulstunden, mit Ausflügen auf den Berg Pilatus, von dem man eine so schöne Aussicht hatte und den Anna liebte, mit Kahnfahrten am Ägeri-See, und als es langsam Winter wurde, da begann Anna sich auf die Weihnachtsferien zu freuen. Und wirklich holte der Vater sie eines Tages ab, fuhr mit ihr zum Flughafen, stieg mit ihr in die Swissair-Maschine und brachte sie nach Wien. Von der Mutter in Empfang genommen, kam sie wieder in die Grinzinger Wohnung zurück, in ihr Zimmer, zu ihrem weißen Prinzessinnenbett mit der Goldverzierung, zu allen Spielsachen, dem Schreibtisch, der kleinen Küche gleich nebenan, dem großen Raum mit all den vielen Bildern an der Wand, und zum Franzi, der gebückt und fröstelnd am Klavier saß. »Hallo Anna«, sagte er, »war's schön in der Schweiz?« – und sie nickte.

Von Opi und Omi wurde sie innig begrüßt, Anna war oft bei ihnen in der Floridsdorfer Wohnung, und auch das Weihnachtsfest feierte sie mit der Mutter dort. Wo an diesem Abend der Franzi war, wußte sie nicht.

Überhaupt bekam sie ihn nur selten zu Gesicht, das Ehepaar schien oftmals getrennte Wege zu gehen, und Anna blieb während dieser Ferientage meist an der Seite der Mutter.

Wen Anna aber kennenlernen sollte, war der ›nette Schauspieler‹, von dem die Mutter ihr bei den Wanderungen am Ägeri-See schon flüchtig erzählt hatte. Jetzt berichtete sie ausführlicher von ihm, während sie mit ihrer Tochter im Auto stadtwärts fuhr, um diesen Schauspieler in einem Kaffeehaus zu treffen. Sie erzählte, daß sie mit ihm schon als Anfängerin in einem österreichischen Fernsehfilm gespielt hätte, letztes Jahr mit ihm auf einer Theater-Tournee war, er Peter hieße, mit einer bekannten österreichischen Schauspielerin verheiratet sei und seine zwei Söhne sehr liebe.

Der Mann saß schon im ›Café Eiles‹, als Mutter und Tochter es betraten, und winkte ihnen von seinem Tisch aus sofort zu. Mit einem langen mächtigen Arm tat er es, und als er aufstand, um sie beide zu begrüßen, schien er Anna so groß wie ein Riese zu sein. Er hatte dunkles Haar, einen Schnurrbart, und seine Augen schimmerten, als sei er ein wenig traurig. Als Anna jedoch höflich eine seiner Fragen beantwortete, lachte er röhrend auf, mit blit-

zenden Zähnen, und so laut, daß das ganze Kaffeehaus es hörte.

»Eine kleine Schweizerin!« rief er. Und begann dann sofort auf schweizerdeutsch mit ihr
zu sprechen, er konnte es so gut, daß Anna
staunte.

»Bist du aus der Schweiz?« fragte sie ihn.

»Nein, nein«, rief die Mutter gleich dazwischen, »der Peter kann nur alle Dialekte so
sprechen, als wäre es seine Sprache!«

»Können das alle Schauspieler?« fragte Anna
weiter.

»Ich kann's nicht«, sagte die Mutter.

»Dafür kannst du den Rest umso besser«,
sagte dieser Peter, der Vogel hieß und auch ein
wenig wie ein schöner, verwegener Vogel aussah, und Anna sah die beiden, den Mann und
ihre Mutter, einen dieser langen Blicke wechseln, die sie kannte.

Nach den Weihnachtsferien war es wieder Tante
Zsoka, die Mutter und Tochter am Flughafen
abholte, und nachdem Anna im Kinderheim
abgeliefert worden war, mit der Mutter eilig
wieder nach Zürich zurückfuhr. Ja, Anna hatte
anfangs den traurigen Eindruck, ›abgeliefert‹
worden zu sein. Obwohl die Mutter sie an sich
drückte und ihr versicherte, sie sähen einander
ja ganz bald wieder, und Zsoka versprach, sie
demnächst zu besuchen.

Die beiden Frauen waren jedenfalls sehr rasch
wieder davon, Anna saß auf ihrem Bett, schaute

vor sich hin und hätte gern geweint. Aber da stürzte Karla ins Zimmer. »Komm runter, Anneli, wir spielen grade ›Blinde Kuh‹!« schrie sie, zog Anna vom Bett hoch und hinter sich her, lief mit ihr die Treppe abwärts und hinein in eine wilde, johlende Kinderschar, eines lief mit verbundenen Augen den anderen hinterher, man schrie, man lachte, man stieß einander zu Boden, half einander wieder auf die Beine, Anna war bald mittendrin in diesem Wirbel, und das zog sie unvermutet auch aus ihrer Traurigkeit in das Alltagsleben im Kinderheim zurück.

Die Schule oben am Birmi nahm wieder ihren lockeren Betrieb auf, es gab wenig Hausaufgaben und viel Spiel, Anna war dabei meist und am liebsten mit Karla und dem Jaqueli beisammen. Einmal wurde sie auch ein wenig krank, ›der Onkel‹ besuchte sie und nahm ihr die Luft weg, aber nur kurz, weil sie erkältet war. Bald hatten die Bossards sie wieder kuriert, und Anna konnte den Pfad aufs Birmi im Laufschritt bewältigen, ohne atemlos zu werden. Die Tage wurden allmählich länger, der Frühling kündigte sich an, und er geriet dann, wie in jedem Jahr, zu einem Wunder des Wiederauferstehens und der Erneuerung. Die Matten leuchteten in hellem Grün, Wiesenblumen breiteten ihre bunten Teppiche aus, der See wurde vom Frühlingswind silbern aufgerauht, und Anna begann die zärtliche Landschaft dieser Gegend zu lieben.

Auch der Dada, wenn er sie abholte, um mit ihr einen Tag lang im Auto durch die Gegend oder nach Zürich zu brausen, meinte: »Ist schon a echt klasses Land, diese Schweiz!«, und Anna konnte in seinem Blick ihre eigene Bewunderung erkennen. Wenn ihr Vater nicht betrunken war, wenn er auf sie einging, sie ihn frei von Selbstbehauptung oder Zorn erleben konnte, konnte sie ihn auch stets verstehen, seine Gedanken teilen und zutiefst fühlen, daß sie seine Tochter war.

Sie sah ihn in dieser Zeit mehrmals, er kam öfter in Ägeri vorbei als die Mutter. Die schien überlastet zu sein, sowohl am Theater als auch in Filmstudios zu arbeiten. Als sie einmal kurz im Kinderheim auftauchte, wirkte sie erschöpft. Jedoch versuchte sie das ihrem Kind begreiflich zu machen, erzählte von Außenaufnahmen, von nächtlichen Bahnfahrten im Schlafwagenabteil, von einer Premiere, die ihr nicht wirklich gelungen sei, von Anstrengung, Mühe und Disziplin erzählte sie, und fast nie davon, daß der Beruf ihr auch Freude bereite, oder daß sie wenigstens Spaß an dem hätte, was sie tat.

»Bist du gern eine Schauspielerin?« fragte Anna sie einmal, als die blasse, müde Mutter ihr plötzlich richtig leid tat. Die antwortete nicht gleich.

»Ja, schon«, sagte sie dann.

Und schwieg wieder.

»Sehr gern?« fragte Anna weiter.

»Weißt du –«, die Mutter zögerte, »ein Teil

in mir – bliebe oft lieber unbeobachtet – dann möchte ich still wo sitzen – und schauen – oder schreiben – verstehst du?«

Und Anna verstand. So würde es ihr auch gehen.

»Kannst du nicht aufhören, Schauspielerin zu sein?«

Ohne zu lächeln sah die Mutter Anna an.

»Nein«, sagte sie dann, »das ist mein Beruf, ich kann nichts anderes, und davon leben wir ja schließlich, wir zwei. Und ab und zu liebe ich ihn auch, diesen Beruf. Ab und zu, Anna, geschieht dabei etwas Wunderbares mit einem. Selten zwar, aber ab und zu.«

»Was Wunderbares denn?«

»Nun ja – wenn man spielt – und es ist auf einmal kein Spiel mehr – und die Menschen vor dir merken das und werden lautlos still – und man ist ganz tief gemeinsam auf einmal – so in etwa –«

Anna nickte. Das konnte sie sich gut vorstellen. Sich mit Menschen tief gemeinsam zu fühlen, das mußte etwas Wunderbares sein. Etwas Trauriges ist es, sich tief einsam zu fühlen. Und dieses Gefühl kannte sie.

Es wurde Sommer, und die von der Mutter versprochene Ferienreise auf die Insel Mallorca sollte auch wirklich stattfinden.

Anna wurde vorerst nach Wien geholt. Dort, in der Grinzinger Wohnung, gab es das Wiedersehen mit ihrem geliebten Opi, jedoch keinen

Franzi mehr, weder im Ehebett noch am Klavier, er schien nicht mehr hier zu wohnen. Die Mutter sagte nichts zu diesem Umstand, auch weil Anna keine Fragen stellte, es lieber einfach hinnahm. Aber auch diesen sympathischen Schauspieler, der Vogel hieß und so gut Schweizerdeutsch sprach, erwähnte die Mutter mit keinem Wort mehr. Sie wirkte angespannt, das fühlte die Tochter sofort, etwas schien in Unordnung geraten zu sein. Vielleicht auch deshalb die überraschende Eröffnung, daß Tante Börgi und der kleine Cousin Sebastian mit auf die Reise nach Mallorca gehen würden.

»Was sagst du dazu, ist doch lustig, oder, Anna? Dann sind wir zwei nicht so allein!« rief die Mutter aus. Aber auch dieser wohl freudig gemeinte Ausruf enthielt nicht wirklich Freude, fand Anna. Alles, was die Mutter sagte, klang so, als müsse sie sich zum Sprechen und zum Leben zwingen.

Trotzdem wurde sorgsam vorbereitet und gepackt, man traf am Tag der Abreise mit Tante und Cousin am Flughafen zusammen, und die beiden Schwestern mit ihren Kindern landeten auch ohne besondere Zwischenfälle und pünktlich am Airport von Palma de Mallorca. Von dort aus brachte ein Taxi sie zu dem Haus, in dem sie eingemietet waren. Es befand sich in einem nicht allzu weit von der Hauptstadt entfernten Ort mit Badestrand, lag jedoch ein wenig im Landesinneren, an einer mächtigen, alten Treppe, die schier endlos zwischen dunklen Zypressen zu einer Kapelle hochführte. Die Zimmer im Haus waren hübsch eingerichtet, sie atmeten noch den Zauber unverfälschten Spaniens, dieser nette Regisseur, der die Mutter ›ohne blöde Absicht‹ hierhergelotst hatte, hatte das Quartier mit gutem Geschmack ausgewählt.

Er war wirklich nett, dieser Regisseur, der Rolf hieß. Bald sollte Anna ihn und seine Freundin kennenlernen, die eine junge Fernsehdarstellerin und recht lustig war. Auch eine ältere, gut aussehende Schauspielerin lernte sie kennen, sie besaß in der Nähe ein mallorquinisches Landhaus, in dem sie bis auf berufsbedingte Abwesenheiten ständig lebte.

Um sie gab es eine Gruppe befreundeter Menschen, einige von ihnen besaßen eigene Fincas, andere bewohnten auf Zeit gemietete Häuser, alle kannten sich gut aus auf der Insel.

Und tagsüber lagen sie alle am Strand.

Hier fühlte Anna sich der Mutter stets ganz nah. Wenn sie mit dem kleinen Sebastian im nassen Sand Burgen baute oder mit ihm und Tante Börgi in den seichten Uferwellen spielte, sie wußte, daß die mütterlichen Augen ihr folgten, über sie wachten. Obwohl die Mutter selbst meist mit aufgelöstem langem Haar auf der Sonnenliege hingestreckt blieb, wenig schwamm und müde wirkte. Ab und zu ließ sich einer der befreundeten Männer neben ihr nieder, und ohne die liegende Position zu ändern, plauderte die Mutter mit ihm. Aber auch das auf eine seltsam träge Art, die Anna auffiel. Auch die Blicke der Männer fielen Anna auf.

Die Mittagessen im Strand-Restaurant waren gemütlich, und es schmeckte allen. Auch wenn man bei der älteren Schauspielerin in ihrem Haus zu einer vorzüglichen Paella eingeladen war. Da saß Anna immer dicht neben der Mutter, die Tante und der kleine Cousin waren meist dabei, der Regisseur Rolf erzählte witzige Geschichten, alle am Tisch waren fröhlich, sogar ausgelassen, die Sonne schien heiß in den Garten, im Schatten saß man angenehm beisammen, so hätte es all die Zeit sein können, fand Anna. Ein südlicher Sommerurlaub mit ihrer Mutter.

Es gab jedoch die Nächte.

Abends, wenn die Kinder in ihre Betten mußten, blieb meist die Tante Börgi mit ihnen. Eine geschminkte, duftende Mutter, die freien Schultern und Arme sonnengebräunt, kam zu Anna, küßte sie, sagte »Schlaft schön!«, winkte ihr und dem Cousin noch von der Tür her zu und verschwand.

Börgi, junge Mutter eines ersten Kindes, widmete sich natürlich vorrangig ihrem kleinen Sohn, aber sie war auch fürsorglich und liebevoll zu Anna. Nur machte sich zwischen ihnen eine unausgesprochene Traurigkeit breit. Beide, die Frau und das Mädchen, fühlten sich verlassen. Im Stich gelassen.

Und fast immer war es früher Morgen, ehe die Mutter zurückkam. Zwar war sie beim Früh-

stück, nach kurzen Schlafstunden, stets anwesend, saß geduscht, gekämmt und sich möglichst ausgeruht gebend bei der Schwester und
den Kindern am Tisch und tat so, als wäre sie
frisch und munter. Aber Anna sah die dunklen
Ringe unter ihren Augen, die Fahlheit der Ge-
sichtshaut unter der Bräune, sie sah der Mutter
ihre Müdigkeit an. Und aufmerksam lauschte
sie dem morgendlichen Gespräch der beiden
Frauen. Die Tante schien mit dem nächtlichen
Ausbleiben der Mutter nie recht einverstanden
zu sein.

In spöttischem Ton stellte sie Fragen wie:
»Wer war's denn diesmal?« oder: »Sag, muß
das denn jede Nacht sein?« Eine Antwort darauf wurde von der Mutter entweder mit einem
langen Blick und ostentativem Schweigen ver-
weigert, oder sie murmelte nur mit einem matten Lächeln etwas für Anna Unverständliches.
Und sehr bald kam es zur energischen, jeden
Diskurs auflösenden Aufforderung: »Kommt,
Kinder – gehn wir an den Strand!« Dort ruhte
sie auf einer Liege aus, schwamm und tollte ein
wenig mit ihrer Tochter im Meer herum, schlief
dazwischen auch kurz einmal ein, und war
gegen Abend wieder voll in Form. »Gehst wieder auf die Pirsch –«, sagte die Schwester mit
einem unverhohlen ironischen Unterton, der
Anna auffiel, dafür war sie bereits groß genug.
»Bitte! Nicht vor –«, murmelte die Mutter.

Sie beugte sich mit ihren langen, blondierten,
frisch gewaschenen und noch feuchten Haaren,

die auf Annas Wangen kitzelten, über ihre Tochter, schloß diese dann kurz in ihre nach Sonnencreme und Parfum duftenden Arme, ein dünnes Sommerkleid schwebte um sie her, und mit »ich komm ja ganz bald wieder, habt einen schönen Abend« und einem abschlie-ßenden Kuß war sie wieder auf und davon. Still und müde blieb die Tante mit den Kindern zu-rück.

Anna sah ein blaues Heft, in das die Mut-ter ab und zu hineinschrieb, sie sah es immer wieder, es lag stets irgendwo in der Nähe des mütterlichen Bettes herum. Einmal befand es sich, nach dem Schreiben wohl achtlos zurück-gelassen und noch aufgeschlagen, auf der Bett-decke. Da wagte Anna, das Heft hochzuheben. Auf einer Seite stand in großen Blockbuchsta-ben, sie konnte es ohne Mühe lesen, nur das Wort: HASS!!!

Schnell legte sie das Heft wieder zurück.

Das Ende der Tage auf Mallorca, der sommer-erschöpfte Rückflug, eine Weile Grinzing, die Großeltern, dann wieder die Swissair-Maschine nach Zürich, es fügte sich, von der Mutter or-ganisiert, jegliches so aneinander, daß für Anna alles in geordneten Bahnen zu verlaufen, ihr nichts zu fehlen schien. Aber früh mußte sie erlernen, ihr Kindsein selbst zu bewältigen. Sie lernte sogar, ab und zu Flugreisen, nur von den netten Stewardessen umsorgt, als eine ihr unab-wendbar zugeordnete Aufgabe hinzunehmen.

Obwohl auftretende Turbulenzen sie stets äng-
stigten und sie nicht gerne allein flog.

Das Kinderheim, Ägeri, die Schule oben am
Birmi, der Vater ab und zu, Ferienbesuche in
Wien ab und zu, es lief in dieser Weise weiter.

Trotzdem schien sich etwas zu verändern,
Anna erkannte es sofort, als sie ihre Mutter
nach dem Sommer zum ersten Mal in Wien wie-
dersah.

Verschwunden war deren Bemühung um
erregende Weiblichkeit, dieser Duft der Ver-
führung, den Anna, das Mädchen, auf Mallorca sehr wohl mitbekommen hatte. Und der
sich für sie mit dem erspähten Wort HASS im
blauen Heft zu einer ungewissen Bedrohung,
zu einer nicht wirklich zu definierenden Ge-
fährdung verbunden hatte. Der Mutter schien
etwas gefehlt zu haben, oder sie lief vor etwas
davon und suchte einen Ausweg, stürzte sich in
diese südlichen Nächte wie in einen Abgrund.

Anna war auf der Insel nicht nur deshalb
traurig gewesen, weil sie allein gelassen wurde,
sondern auch, weil die Mutter trotz Süden, Son-
nenbräune und nächtlicher Ausgehlust eine
seltsam grelle Verzweiflung ausgestrahlt hatte,
ein Verwundetsein, das für alle, die nachts im
Sommerhaus zurückblieben, fühlbar war.

Jetzt aber, wenn Anna sich wieder einige Tage
in der Grinzinger Wohnung aufhielt, fand sie
eine ruhige, eine beruhigte, eine zufrieden wirkende Frau vor. Bei ihr weilte immer häufiger

dieser Schauspieler, der aussah wie ein wilder Vogel und laut lachte und sprach. Auch die Musik – eine andere, als sein Vorgänger bevorzugte, »es ist klassische Musik«, meinte die Mutter erklären zu müssen – hörte er dröhnend laut und leidenschaftlich gern, pflegte dazu auch oft mit einem Taktstock zu dirigieren. Ständig schallte es aus den Fenstern der Wohnung, wenn er da war. Und immer öfter war er da. Manchmal blieb er auch über Nacht.

Er liebte es, mit Anna schweizerdeutsch zu sprechen, und ihre Antworten und Formulierungen entzückten ihn, er lachte sich teilweise krumm darüber, was wiederum ihr sehr gefiel. Noch nie hatte jemand sie so freudig bejubelt, wenn sie auch nur den Mund aufmachte. Anna fand es lustig mit diesem Mann in der Wohnung, viel lustiger als mit ihrem ehemaligen Stiefvater. Ehemalig schien er zu sein, denn sie sah ihn kaum mehr.

Auch die beiden Söhne des Schauspielers lernte Anna bald kennen. Vor allem der eine, der Michael hieß, war oft mit seinem Vater zusammen, den jüngeren, Nikolas, sah Anna seltener. Wenn sie also Ferientage in der Grinzinger Wohnung verbrachte, waren sie und Michael sofort ein verschworenes Paar, das sich als begeisterte Köche betätigte, denn beide hatten sie ein mehr als kindliches Interesse daran, Speisen zu fabrizieren. Anna wohl deshalb, weil ihre Mutter so überhaupt nicht zu kochen verstand, und

Michael, weil er diese Profession schon als Kind liebte, sollte er doch später ein vorzügliches Wiener Restaurant besitzen und leiten.

Die kleine Küche neben Annas Zimmer geriet unter den eifrigen Händen der beiden Kinder im Nu zu einem Chaos. Mit Kochresten beklebte Töpfe und Pfannen, verschüttete Saucen, Teigbrocken, Nudeln, verschmierte Küchentücher, mehlige Gesichter – die Mutter und Michaels Vater stießen Schreie der Überraschung aus, wenn sie eine Weile allein unterwegs gewesen waren und wieder heimkamen. Jedoch wurde ihnen aus verkrusteten Kinderhänden stets irgendeine Köstlichkeit serviert, die den Kochaufruhr überlebt hatte und sogar gut schmeckte.

Gescholten wurden Tochter und Sohn, der verwüsteten Küche und unerläßlich nötiger Aufräumarbeiten wegen, zu Annas Erstaunen von den beiden Erwachsenen nie. Sie hatte das anfangs erwartet, sich auch ein wenig davor gefürchtet. Aber nein, nichts dergleichen geschah, kein böses Wort fiel. Überhaupt stellte Anna bei ihrer Mutter an der Seite des Schauspielers eine neue Gelassenheit und auch Fröhlichkeit fest. Deren vorheriges Beharren auf Ritual und Ordnungssinn, für die Tochter oft freudlos beengend, schien sich in guter Laune aufzulösen.

»Wir werden diesmal in Österreich bleiben, Anna«, eröffnete ihr die Mutter, als wieder ein Jahr mit Herbstleuchten, Schnee, Wintermonaten, Weihnachten, Osterferien, Heimleben, Schule am Birmi, Flugreisen, Wienbesuchen – als wieder ein Jahr mit all dem, was Annas Kinderleben ausmachte, vorübergezogen war, und die Sommermonate sich ankündigten. »Wir bleiben in einem Bauernhaus im Waldviertel, das dem Peter gehört. Es ist wunderschön dort, du wirst sehen. Und wir können mitnehmen, wen immer du willst!«

Und Anna lernte also Peters Landhaus im Waldviertel kennen. Mit dem schwarzen Porsche fuhren sie dorthin, die Mutter, Cousine Feli und eine kleine Freundin aus Wien, namens Sophie. Freudig wurden sie im Dorf begrüßt, und da er seinen Wagen nicht dabeihatte, zwängten sich auch der großmächtige Schauspieler selbst und sein Sohn Michael mit in das Auto. Der eigentlich nur für zwei erwachsene Personen gedachte Sportwagen quoll förmlich über. Aber man fand dennoch Platz, es gab ein vergnügtes Gedränge, man rumpelte über die Feldwege, und als alle ausstiegen, war es so, als hätte sich eine Wundertüte geöffnet.

Aber auch die wellige Landschaft, mit ihren Wäldern und blühenden Wiesen, und mittendrin das Haus selbst, erschienen Anna wie ein Wunder, das sich vor ihr auftat. Weißgekalkt waren die Hauswände, die Fenster in griechischem Blau gestrichen, und über dem Hang zu einem sanft dahinplätschernden Bächlein hin gab es eine gemauerte Terrasse, ebenfalls weiß getüncht und auch ein wenig an Griechenland gemahnend.

»Der Peter wollte das so«, erklärte die Mutter mit Stolz, »er findet, auch hier im Waldviertel kann man's sich auf andersartige Weise schönmachen, warum nicht etwas Schönes aus Griechenland auch hier?«

Es erschien Anna so, als würde die Mutter all das, was der Schauspieler tat und ihr bot, als ein Geschenk betrachten, das sie mit Stolz erfüllte. Und daß es so war, tat der Tochter wohl, es beschenkte auch sie. Endlich einmal ein Zusammenleben ohne Schatten.

Es gab in der bäuerlichen Küche des Hauses einen großen, altertümlichen, ebenfalls blau gekachelten Herd, der im Winter als Wärmespender diente, aber auch eine Kochfläche und ein Backrohr bot. Und auf diesem Herd war es hier der Hausherr selbst, der aufkochte. Dann saßen sie mittags oder abends, je nachdem, wann aufgetragen wurde, alle um den großen Bauerntisch in der Küchenecke, und es wurde geschmaust.

Anna erlebte hier Familie. Eine Gemeinsamkeit aus Kindern und einem Elternpaar, so empfand sie es.

Mit Feli, Freundin Sophie und Michael durchstreifte sie die umliegende Landschaft, die Wiesen, hochstehende Maisfelder und dunkle Tannenwälder. Sie besuchten andere, meist einsam liegende Gehöfte und flohen, wenn Kettenhunde sie anbellten. Gern wateten sie durch den kleinen Bach und pflückten Dotterblumen, leuchtend gelbe Sträuße, die in Einsiedegläsern und Milchkrügen später im Haus alle Räume schmückten. »Wie schön!« sagte die Mutter. Sie trug einen langen, mit winzigen Blümchen gemusterten Rock, ihr Gesicht war frei von aller Schminke, die Haare trug sie offen, und Anna fand sie schöner denn je. Und vor allem fand sie die Mutter glücklicher denn je.

Eines Tages kam auch der Opi angereist, sie holten ihn vom Autobus ab. Und er war begeistert. So, wie Anna ihn kannte. Wie der Opi stets zur Begeisterung neigte und ›prachtvoll!‹ sein Lieblingswort war, wenn er, von Ausflügen, Ausfahrten, Urlauben heimkehrend, davon berichtete. Peters Bauernhaus jedenfalls fand er auch »prachtvoll!« Er half, Wege zu harken und wilde Sträucher um den Pool herum ein wenig zurückzuschneiden, was er besonders gern tat. Sträucher und Bäume ein wenig zu stutzen war für Opi etwas, das er liebte. Um einfach mehr Ordnung in die Natur zu bringen!

Der so benannte ›Pool‹ war nichts anderes als ein überdimensional großer, viereckiger Trog aus dickem, dunkelgrünem Plastik, wohl einem Weinkeller oder Schlachthof entwendet, nur der Schauspieler wußte es, sprach aber nicht darüber. Ein Schlauch, durch das Küchenfenster geleitet, hatte diesen Trog mit Wasser gefüllt, und an heißen Sommernachmittagen tobten und tollten die Kinder also in ihrem Pool herum. Auch der Opi, in faltiger Badehose, gesellte sich ihnen manchmal hinzu, was das Vergnügen, einander kreischend mit Wasser zu bespritzen, nur noch steigerte.

Manchmal verschwanden der Schauspieler und die Mutter in der großen leeren Scheune, die sich, immer noch nach Heu duftend, jedoch ohne jede landwirtschaftliche Nutzung, neben dem Bauernhaus befand. Sie begaben sich dort in eine hölzerne Sauna-Kabine, die der Schauspieler, ein begeisterter Sauna-Benützer, innerhalb der Scheune hatte aufstellen und funktionstüchtig machen lassen. Meist verschwand das Paar ohne die Kinder dorthin, denen dieses Stillsitzen und Schwitzen ohnehin nicht behagte. Nach einer Weile kamen die beiden dann nackt herausgelaufen und begaben sich prustend und lachend unter den kalten Strahl des Wasserschlauches. Sie taten es ohne Scheu, waren ohne Scheu so, und auch keines der Kinder oder auch der Opi widmete den beiden Nackten besondere Aufmerksamkeit, sie gehörten wie selbstverständlich in ihr ländliches Paradies. Ja, für Anna war es ein Paradies. Auch nachts, wenn die Kinder in ihrem eigenen Raum zu Bett gebracht waren, der Opi auf dem Sofa in der Stube schlafen ging und die Mutter und der Mann sich in das Zimmer mit dem breiten Ehebett zurückzogen, fühlte Anna eine tiefe Geborgenheit, eine, wie nie zuvor.

Und wer außerdem zu ihrer Freude diese Sommertage mit ihnen teilte, war Seppi, der Hund
des Schauspielers. Er war ein besonders großer Rauhhaardackel, »eine Dachsbracke!« be-
lehrte Peter, und zu Annas Erleichterung hatte
auch er, wie das Zicklein ehemals, ganz dickes,
eben ›rauhes‹ Haar, von dem sie nicht Asthma
bekam. Seppi gehörte zwar zum Schauspieler
wie sein zweites Ich, aber hier am Land war er
auch liebend gern stundenlang allein in den
Wäldern unterwegs. Stets kam er unversehrt
zurück, was sein Herrchen sorglos anzuneh-
men schien, während Anna und ihre Mutter
unruhig auf seine Heimkehr warteten. Wenn
er dann endlich erschöpft, mit heraushängen-
der Zunge, wieder sichtbar wurde, empfing ihn
freudiger Jubel der beiden, er wurde gelobt,
gestreichelt, gefüttert, und nahm diese stürmi-
sche Zuwendung mit all seiner Dackelgelassen-
heit stoisch entgegen.

Auch der Opi streifte oftmals allein durch den
Wald. Er tat es, um Pilze zu suchen, etwas, das er
seit frühester Kindheit liebte und gewohnt war,
zu tun. Wuchs er doch im ›Böhmerwald‹ auf,
und erzählte den Kindern, daß dort die Pilze
so reichlich wuchsen, daß er sie zwischen den
Baumstämmen hindurch meist schon von weitem erspähen konnte, ganze Grüppchen herrlichster Eierschwammerln oder Herrenpilze.

»Pflücke aber bitte auch hier nur die«, sagte
die Mutter, »bitte, Vati, ja keine giftigen!«

Diese Unterstellung wehrte der Opi empört ab, er kenne sich aus mit Pilzen, sei ein Fachmann auf dem Gebiet, nie im Leben würde ihm passieren, ungiftige mit giftigen zu verwechseln! Das wäre ja noch schöner!

Eines Tages brachte er wirklich eine besonders große Portion ›prachtvollster‹ frischer Pilze aus dem Wald. »Na, was sagt ihr! Auch ein paar wunderbare Parasole sind dabei! Man muß sich halt auskennen!« rief er, und überreichte seinen Fund stolzgeschwellt dem Schauspieler.

Der strahlte. »Freunde! Zuhören! Heute abend gibt's Schwammerlgulasch mit Knödeln! Die Parasole back' ich heraus!« kündigte er an, und begab sich auch bald an den Herd, um diese Köstlichkeiten zuzubereiten.

Es schmeckte herrlich.

Alle griffen mehrmals zu, waren satt und zufrieden danach.

Die Kinder legten sich zu Bett wie an jedem Abend.

Jedoch irgendwann nachts erwachte Anna, weil sie einen Atem fühlte, der ihr über das Gesicht strich. Sie öffnete die Augen und sah eine Taschenlampe und das Gesicht der Mutter nah über sich.

»Was ist?« stieß sie erschrocken hervor.

»Ist dir schlecht?« flüsterte die Mutter.

»Nein – wieso?«

»War jemand von euch nachts schon am Klo?«

»Ich weiß nicht –«

»Ich meine – hat wer erbrochen?«

»Nein, ich glaub nicht –«

»Und dir ist ganz sicher nicht übel?«

Anna setzte sich auf.

»Nein. Wirklich nicht. Was hast du denn?«

»Schon gut, entschuldige«, die Mutter flüsterte immer noch. »Leg dich wieder hin und schlaf weiter!«

Sie drehte die Taschenlampe ab und verließ auf Zehenspitzen das Kinderzimmer. Anna blieb noch kurz aufrecht sitzen und starrte etwas verwirrt vor sich hin ins Dunkel. Dann aber ließ sie sich zurückfallen, schloß die Augen wieder, und sank rasch in den Schlaf.

Am nächsten Morgen saß eine unausgeschlafene Mutter beim Frühstück, der Schauspieler lachte vor sich hin, und der Opi schüttelte beleidigt den Kopf.

»Ich weiß doch, welche Pilze ich nach Hause bringe!« rief er.

»Na ja – aber in den Nachrichten im Radio –«, sagte die Mutter, »ihr wart schon alle im Bett, ich hör oft spät noch ein bissel, und da reden die von Toten wegen dem Knollenblätterpilz! Hier im Waldviertel vor allem! Er soll so ähnlich ausschauen wie ein Parasol –«

»Aber ich erkenn den doch! Ich verwechsle so was doch nicht!« Der Opi war gekränkt, und der Schauspieler lachte wieder.

»Das war eine Nacht!« rief er, »Anna, ich

sag's dir, deine Mutter! Sie ist dauernd herumgeschlichen, ob schon jemand kotzt, oder ohnmächtig in seinem Bett liegt, ob man schon die Rettung rufen muß, oder wir nicht gleich selber ins Spital fahren sollten, an Schlaf war nicht mehr zu denken, nachdem sie das vom Knollenblätterpilz gehört hat!«

»Aber seid ihr denn wirklich alle wohlauf?« fragte die Mutter nochmals, und alle brüllten: »Schluß jetzt!!!«

Anna erlebte einen Sommer reiner Freude.

Als sie wieder nach Ägeri zurückmußte, trug sie die Helligkeit und den heiteren Frieden dieser Wochen noch in sich. Es tat ihr gut, die Mutter, wenn auch in der Ferne, so doch in dieser neuen und erfreulichen Lebenskonstellation zu wissen. An der Seite des Schauspielers, den auch sie, Anna, ins Herz geschlossen hatte – ihn, seine Söhne und seinen Hund Seppi! Und daß die Mutter so glücklich gewirkt hatte. So gelöst und fröhlich, ganz ohne den Druck von Erschöpfung und Traurigkeit, der früher nahezu immer auf ihr zu lasten schien.

Auch der Vater, ihr Dada, sprach kein spöttisches oder böses Wort, den neuen Gefährten der Mutter betreffend. Natürlich kam hinzu, daß er seit längerem nicht mehr trank, sich selbst in einer anderen, gemäßigteren Gemütsverfassung befand als dazumal bei der Hochzeit der Mutter mit dem Franzi. Als er Anna zum ersten Mal wieder in Ägeri aufsuchte und sie ihn einen Tag lang begleiten durfte, äußerte er sich sofort mit wohlwollender Zufriedenheit über das neue Liebesverhältnis der Mutter.

»Dein neuer Papa, Anna, der g'fallt mir, des is' ein klasser Bursch!«

»Er ist nicht mein neuer Papa.«

»Ja eh! Dein Dada bin und bleib ich! Aber g'fallt er dir auch?«

»Ja. Er ist sehr lustig. Und lieb.«

»Auch lieb zu deiner Mutter, hoff ich.«

»Sein Hund heißt Seppi«, sagte Anna.

»Aha.« Pause. »Und was is es für ein Hund?«

»Eine Dachsbracke.«

»Wie?«

»Ein Dackel!«

»Warum net glei'!«

Sie fuhren eine Weile schweigend dahin.

»Trinkt er?« fragte der Vater plötzlich.

Anna sah ihn verständnislos an.

»Ich meine – trinkt er Alkohol?«

»Ich weiß nicht«, sagte Anna. »Ein Bier, das schon.«

»Schnaps dazu?«

»Ich weiß nicht. Ich glaube nicht.«

»Dann irr' i mi dabei.«

»Bei was?«

»Na, eh nix.«

Der Vater schwieg wieder und schaute nachdenklich vor sich hin.

»I bild' mir nur ein – hab ihn früher mal g'sehn –«

»Er ist ja auch ein Schauspieler!« sagte Anna stolz.

»Na, Anna, anders g'sehn – in der Loosbar, mein ich – da war er vollfett.«

»Vollfett?«

»Heißt b'soffen! Wie ich's halt früher oft war. Der Vogel – war's wirklich noch nie?«

»Nein, nie!« rief Anna aus, »der Peter war noch nie wie du früher oft warst!«

»Na hoffentlich«, brummte der Vater noch.

Die Monate flossen dahin, zwischen Ägeri und Wien, zwischen Schulzeit und Ferien, zwischen Kinderheim und Zu-Hause-Sein, sie reihten sich so ordnungsgemäß aneinander, wie die Jahreszeiten es tun.

Und irgendwann war es auch wieder Sommer. Annas Asthma, dieser ›Onkel‹, der sie eigentlich von Wien weggetrieben hatte, tauchte jetzt seltener bei ihr auf, und meist in geschwächter Form. Eher war es in Wien der Fall, daß ab und zu dieser Druck auf ihrer Brust und mühsameres Atmen sie ereilten.

Aber was dagegen half: auch in der Grinzinger Wohnung war es gemütlicher geworden, denn der Schauspieler war dort eingezogen. Er teilte jetzt das große Bett mit der Mutter, hatte einige Möbelstücke mitgebracht und ein Gemälde. Es hing im großen Zimmer und zeigte einen aufflatternden Schwarm Vögel über wilden, düsteren Meereswogen. Anna liebte dieses Bild.

Und sie liebte die familiäre Gemeinsamkeit, wenn alle zu Hause waren, wenn die Mutter und der Peter nur ab und zu in ihren jeweiligen Theatern verschwanden, um eine Abendvorstellung zu spielen. Und sie taten es dann auch meist so nebenbei, als hätten sie irgendeine beliebige Arbeit schnell zu erledigen, und waren froh, wieder daheim und beisammen zu sein.

Sohn Michael, den sie Michi nannten, war oft bei ihnen, also bei seinem Vater, sei es auf dem Land oder in Wien. Und er war es auch, der Anna eines Tages den Umstand erklärte, daß seine Mutter jetzt mit dem Franzi lebe.

»Mit dem Franzi?«

»Ja. Die haben getauscht.«

»Kann man das? Einfach tauschen?«

»Ich glaub, es war nicht grade einfach. Aber in der Zeitung steht es so: Partnertausch.«

»In der Zeitung?«

»Ja, meine Oma hat es so erzählt. Sie geniert sich eh. Sie sagt, alle wundern sich und spotten. Sei froh, Anna, daß du viel in der Schweiz bist.«

Aber Anna war trotzdem viel lieber auf andere Weise froh. Wenn sie im Waldviertel sein konnte. Oder zu Hause in Wien. Dieser ›Partnertausch‹, für den sich Michis Oma genierte, war ihr egal. Mehr noch: sogar fand sie es richtig gut, daß die Mutter ›getauscht‹ hatte!

Und noch etwas Erfreuliches tat sich: wenn nicht in Ägeri, sondern daheim, ergab es sich jetzt vermehrt, daß Anna mit ihrer Cousine Felicitas beisammen sein konnte, die beiden Mädchen schlossen sich einander immer enger an. Und dieser Umstand führte von Zeit zu Zeit auch zu Urlaubswochen, die Anna und Feli gemeinsam unter der Obhut ihres Großvaters verbrachten. Wenn die Mutter sommers arbeiten mußte, bei Festspielen auftrat, oder irgendwo einen Film drehte, und sie die Ferien nicht zur Gänze mit Anna verbringen konnte, dann übernahm der Opi es gern, die Mädchen mitzunehmen. Begeistert fuhr er mit seinen Enkeltöchtern ins Salzburgische, in die Berge, auch der kleine Cousin Sebastian kam später mit ihnen. Im Ort Mauterndorf war der Opi stets Gast bei der Familie Steinlechner, die er seit Jahren kannte und in deren Frühstückspension er selbst oft Urlaub machte. Und die Kinder genossen es, mit ihm dort Sommertage zu verbringen. Anna und Feli verliebten sich bei dieser Gelegenheit auch sofort einträchtig in den ein wenig älteren Sohn der Steinlechners, sie fanden ihn so wunderschön und so klug, und waren beide beglückt, wenn er sich herabließ, mit ihnen zu spielen oder zu wandern.

Der Vater wurde nun aber wirklich zum Zuckerbäcker, etwas, das die Mutter ja schon angedeutet hatte. Er selbst erzählte es Anna nur ein wenig anders, er blieb bei der Beschreibung seines neuen Wirkens der Erklärung, er sei von Beruf ›Veränderer‹, möglichst treu.

»Ich bin jetzt der Demel-Chef«, sagte er wie nebenbei, so, als spräche diese Nachricht ohnehin für sich selbst.

»Was bist du?« fragte die ahnungslose Anna.

»Der Chef vom Demel.« Jetzt wurde er präziser. »Schau, Anna, den Demel gibt es schon immer, weißt du, er ist eine Institution, die sogenannte kaiserlich-königliche Hofzuckerbäckerei. Mitten in der Stadt, am Kohlmarkt gelegen. Die schönste und berühmteste Konditorei in Wien ist das, für alle Ausländer und Touristen ein Muß, sie zu besuchen und die Demel-Torten zu fressen. Und es gehört das ganze wunderbare alte Haus dazu, mehrere Stockwerke, ich mach' oben in den Räumen sicher sehr bald einen Club auf, ganz exklusiv, wirst sehen!«

Und Anna sah es.

Vorerst unten die Konditorei, da roch sie den Duft nach Teig und Kuchen, sah Torten, Cremeschnitten und Bonbonnieren in Glasvitrinen, und bekam die heiße Schokolade in einer hohen Porzellantasse serviert. Die Frauen, von denen die Gäste bedient wurden, alle in schwarzen Kleidern mit weißem Spitzenkragen und weißen Spitzenschürzchen, begrüßten Anna überaus freundlich, »ach, sind das Töchterchen vom Herrn Udo!« wurde sie seltsam angesprochen, und »die dürfen nur in der dritten Person reden«, erklärte ihr der Vater.

»Warum das denn?« fragte Anna.

»Das war so, beim Kaiser. Und soll so bleiben.«

Und dann sah Anna auch die Räume in den
Stockwerken, mit Seidentapeten an den Wänden, geschnitzten Plafonds und antikem Mobi-
liar. Und vor allem sah sie den Stolz des Vaters,
gerade hier der Herr im Haus zu sein. Sie sah
aber auch den Blick der Mutter, in deren Begleitung sie sich befand. Er war von Skepsis und
leisem Widerspruch erfüllt.

»Muß das sein, so ein Club?«

»Da werden's alle kommen, ich schaff' das!«

»Aber wozu?«

»Ich will doch was machen in dem Land!
Und was machen ist Macht!«

Vorerst aber machten nur die herrlichsten Ge-
burtstagstorten Furore. Stets entwarf der Vater
diese Torten selbst. Er stellte die echten Zuckerbäcker in den Backstuben mit seinen Entwür-
fen vor wilde künstlerische Herausforderungen,
denen diese jedoch stets gern nachkamen. Da
gab es auf den Tortenböden große Schmetter-
linge, oder gar Blumenwiesen, es gab Türme
und Märchenfiguren, alles aus Zucker oder
Marzipan, oft hatte auch die Torte selbst eine
ungewöhnliche Form, war ein Mond, oder ein
Herz, oder eine Haarschleife. Die Phantasie des
Vaters schien für Anna unerschöpflich zu sein.
Da erzählte ihr die Mutter, daß er früher unter
anderem auch phantasievoll geformte Brillen
entworfen hätte. Oder gar einen mit Diaman-

ten besetzten, goldenen Finger, von dem er sogar behauptete, der James-Bond-Film ›Goldfinger‹ habe sich an seiner Kreation orientiert.

»Ja? Wirklich?« fragte Anna aufgeregt.

»Bei ihm ist alles möglich«, antwortete die Mutter ruhig.

Im Kinderheim Dr. Bossard gehörte Anna schon lange nicht mehr zu den Neulingen, und längst nicht mehr zu den Kleinen. Der Jaqueli war eines Tages nicht mehr da, als Anna nach einer längeren Ferienzeit zurückkam, und man gab ihr nur ungern und in Andeutungen Auskunft, was der Grund dafür gewesen sei. Immer wieder wurde eines der Kinder abgeholt, und immer wieder ein Bub oder ein Mädchen ›abgeliefert‹, sich so fühlend, wie Anna sich damals gefühlt hatte. Jetzt konnte sie eine Erfahrene sein, die sich hier gut auskannte, und sowohl Trost als auch Anregung zu spenden in der Lage war.

Mit der Schule arrangierte Anna sich ohne Aufwand und ohne viel Mühe, sie ging gern auf das Birmi und fand die Lehrerinnen nett. Obwohl der Vater meinte, sie würde mit Sicherheit »so freundlich, wie's bei denen zugeht, überhaupt nix lernen!« Er erwähnte auch bereits ein anderes Schweizer Internat, eines »für die Kinder von die reichen Leut', die wissen immer genau, wo man was fürs Leben lernt!« In Lausanne befände sich dieses noble Institut und hieße »Chateau Brillantmont«. Der Name gefiel Anna. Aber obwohl der Vater bereits vorauszuplanen schien, lag dieser Ortswechsel ins Illustre sicher noch in weiter Ferne. Noch befand sie sich schließlich in Ägeri, um ihren ›Onkel‹, der sie immer wieder einmal quälend besuchte, gänzlich zu besiegen, und an das Heimleben hatte sie sich ja wohl oder übel gewöhnen müssen.

Als wieder Sommer wurde und Anna eines Tages daheim ankam, stand sie gleich beim Betreten der Wohnung einer kräftigen, vollbusigen Frau mit blondem Lockenkopf, frischen Wangen und energischen, hellblauen Augen gegenüber.

Die beiden musterten einander abwartend.

»Anna, das ist die Frau Hawliczek«, stellte die Mutter vor, »aber wir dürfen sie Hawli nennen. Omi hat sie für uns erobert, über eine Zeitungsannonce. Und ich bin der Omi deshalb unglaublich dankbar. Du wirst ja sehen, wie herrlich sauber jetzt alles bei uns ist. Und wie die Hawli kocht – ganz wunderbar, sag ich dir!«

Anna reichte der Frau die Hand.

»Grüß Gott, Anna«, sagte die Hawli.

»Grüazi«, sagte Anna.

»Man hört's, du kommst aus der Schweiz!«

»Ja«, sagte Anna.

»Dort ist es sicher schön. Die Berge.«

»Ich bin aber lieber hier«, sagte Anna, »hier und im Waldviertel, beim Peter. Wo ist denn eigentlich der Seppi?«

Sie hatte unverkennbar schweizerdeutsch gesprochen, und als jetzt der Schauspieler und sein Hund Seppi aus dem Nebenzimmer hinzukamen, setzte sich diese Fremdsprache beim lebhaften Begrüßen, Umarmen, Streicheln lautstark fort. Frau Hawli stand daneben, verstand kein Wort, aber sie lachte gerne mit. Die Sympathie aller füreinander war Anna sofort spürbar.

Hawli kam auch mit ins Waldviertel, verbrachte einige Tage mit dem Paar und den Kindern im Landhaus.

Eines Morgens erwachte Anna, weil draußen irgend etwas in seltsam gleichmäßigem Rhythmus aufrauschte. Sie verließ das Bett und trat ans Fenster.

Da stand Hawli, breitbeinig, mit hochrotem Gesicht, die Ärmel ihrer Bluse aufgekrempelt, Rock und Schürze seitlich hochgesteckt, mit kräftigen Händen hielt sie eine Sense umfaßt und führte sie in gleichmäßigen Bögen durch die dichten Halme. Sie mähte die Wiese neben dem Haus.

»Wau!« rief der Schauspieler aus dem anderen Fenster, »Hawli! Toll! Aber warum?!«

»Die Wies'n war schon viel z' hoch«, antwortete die Mäherin leicht atemlos.

Auch die Mutter, gerade erwacht und noch schläfrig an die Schulter des Schauspielers gelehnt, bewunderte diese morgendliche Großtat. »Wie Sie das können, Hawli!«

Cousine Feli und Sohn Michi hatten sich ebenfalls aus ihren Betten aufgerappelt, waren neben Anna ans Fenster getreten, gähnten und staunten.

»Wißt ihr, sie ist ja eine Bauerntochter«, erklärte die Mutter von Fenster zu Fenster, »da hat sie sicher in der Scheune diese alte Sense entdeckt – und sogar irgendwie geschafft, daß die jetzt scharf genug ist – damit sie sich über die Wiese hermachen kann!«

Frau Hawlis frühmorgendliche Landarbeit wurde von den schläfrigen Stadtmenschen mit erwachtem Interesse beobachtet, und als die Wiese gemäht war, applaudierte man ihr begeistert zu.

»Jetzt mach ich aber ein gigantisches Frühstück!« rief dann der Schauspieler, »unsere bukolische Mäherin hat's weiß Gott verdient!«

Es gab also immer wieder ländliche Tage, die Anna beglückten. Im Waldviertler Bauernhaus herrschten meist Frohsinn und friedvolles Beisammensein. Aber auch in Wien, in der Grinzinger Wohnung, erlebte sie über längere Zeit mit Peter, seinem geliebten Hund Seppi, mit einer ungewöhnlich gut gestimmten Mutter und Frau Hawlis tatkräftiger Unterstützung familiäre Harmonie. Sowohl im Sommer als auch im Winter kam Anna eine Weile lang aus dem Kinderheim wirklich ›heim‹, kam sie zu sich nach Hause.

»Was hast du denn?« fragte Anna, als sie den Parkplatz beim Flughafen erreicht hatten und ins Auto gestiegen waren. Die Mutter saß neben ihr, ohne loszufahren, ihre Hände lagen im Schoß, und sie starrte vor sich hin. »Hast du geweint? Deine Augen sind ganz rot!«

»Ach, Anna«, sagte die Mutter. Dann schwieg sie wieder.

Es regnete. Über die Frontscheibe des Autos flossen Tropfen langsam abwärts. Anna betrachtete ihre gewundenen Bahnen und schwieg ebenfalls.

Sie war wieder einmal selbständig, aber nett betreut, mit einer Swissair-Maschine aus Zürich hierhergeflogen und von ungeduldiger Vorfreude erfüllt in Wien gelandet. Sie sah die Mutter sofort lächelnd und winkend hinter der Schranke stehen, als sie mit der Stewardeß, die ihre Reisetasche trug, die Ankunftshalle erreicht hatte.

Die Frauen begrüßten einander kurz, das Gepäck wurde übergeben, »vielen Dank« sagte die Mutter, und hatte dann sie, Anna, wortlos in die Arme geschlossen. Wortlos waren sie auch bis zum Auto gegangen, wegen des Regens, dachte Anna. Rasch die Tasche auf den Rücksitz, rasch beide in den Wagen. Und jetzt saß die Mutter, ohne das Auto zu starten, regungslos und schweigend neben ihr.

»Anna«, sagte sie plötzlich.

»Ja?«

»Bevor wir nach Hause fahren, muß ich dir etwas erklären. Es gibt eine Veränderung, die du verstehen solltest.«

Anna fühlte Dunkles in sich aufsteigen, eine unklare Furcht. Sie hatte sich so sehr darauf gefreut, wieder in die unveränderte Welt familiärer Gemeinsamkeit heimkehren zu können. Es war doch alles so gut gewesen, wie es war. Warum jetzt eine Veränderung. »Was denn?« fragte sie.

»Es ist so –«

Wieder hörte die Mutter auf zu sprechen. Anna sah ihre Augen naß werden. Der Regen war heftiger geworden und trommelte auf das Autodach.

»Also folgendes.«

Die Mutter hatte geschluckt und aufsteigende Tränen zurückgedrängt, aber ihre Stimme klang rauh.

»Schau, Anna – für den Peter ist einiges sehr schwer geworden, weißt du. Die Mutter von Michi und Niki – es gibt da Probleme – er hat im Moment auch beruflich Sorgen – also nicht viel Geld – nicht genug – er kann nicht so für seine Familie sorgen, wie er es gern täte –«

Die Mutter mußte unterbrechen und sich denn doch eine Träne, die nicht zurückzuhalten war, rasch von der Wange wischen. Diese traurige Geste zu sehen, tat Anna weh. Sie überlegte.

»Aber die Mutter vom Michi lebt doch jetzt mit dem Franzi«, sagte sie dann, »das hat der Michi mir gesagt! Ihr habt doch getauscht!«

»Ach ihr!«

Ein kurzes, wehes Lächeln konnte die Mutter nicht verbergen. Dann holte sie ein Taschentuch hervor und schneuzte sich.

»Nicht mehr, Anna. Dort lebt sie nicht mehr, das ist es eben. Aber nicht darüber wollte ich mit dir reden.«

Sie wandte sich Anna jetzt voll zu.

»Also. Was du wissen mußt, ist – es ist so, daß der Peter sich ein bißchen verändert hat. Er trinkt zu viel. Und er ist dann nicht immer so, wie du ihn kennst. Er war immer laut und polternd, du weißt es ja, aber immer lustig. Jetzt kann er manchmal zu sehr brüllen, und benimmt sich seltsam. Ich möchte nur, Anna, daß du ihm das nicht gleich zeigst, wenn du ihn wiedersiehst. Weil du vielleicht erschrickst, wenn er so ganz anders ist als früher.«

»Er ist ganz anders als früher?«

»Nein! Natürlich ist er der liebe Mensch, der er war, Anna! Aber es kann einen erschrecken, wenn er getrunken hat. Vor ein paar Tagen ist er von einer Kur zurückgekommen, stell dir vor, ganze drei Wochen war er in so einer Kli-

nik, wo man Menschen, die zu viel Alkohol trinken, dieses Trinken abgewöhnen will – und wie
er dann zurück war – da war er plötzlich wieder
so schön – und so ganz er selbst – so, wie wir ihn
kennen – aber gleich heute wieder –«

Die Mutter stockte. Dann verbarg sie ihr
Gesicht mit beiden Händen. »Entschuldige,
Anna«, murmelte sie.

Das Kind hob die Hand und berührte die
Schulter der Mutter. Es begriff alles. Kannte
doch dieses Geschehen noch vom Vater her,
dessen Betrunkensein und wie er sich dabei verändern konnte.

»Ich bin heute so verzweifelt, weißt du«,
sprach die Mutter leise weiter. »Wir hatten es
doch schön. Alles war so gut. Ich habe solche
Angst, daß das mit dem Trinken nicht weggeht.
Auch schluckt er immer irgendwelche Pillen
dazu. Und ich weiß nicht, woher er die hat. Ich
weiß einfach nicht, was ich dagegen tun kann –«

Die Mutter ließ jetzt die Hände sinken und
sah ihre Tochter an. Aug in Aug saßen sie sich
im Auto gegenüber, während der Regen immer
noch herabprasselte.

»Aber du, Anna! Mach du dir bitte trotzdem
keine Sorgen, weil ich so herumheule, statt
mich zu freuen, daß du da bist. Ich freu mich
auch! Sehr! Aber ich wollte nicht, daß du zu
Hause erschrickst oder dich fürchtest, wenn der
Peter – wenn er eben plötzlich nicht ganz der
Peter ist.«

»Und der Seppi? Wie geht es dem Seppi?«

»Dem Seppi geht es gut. Er ist nur auch immer ein bißchen traurig, wenn sein Herrchen nicht ganz sein Herrchen ist. Das spürt er.«

»Und der Peter trinkt so viel, weil er kein Geld hat?«

»Auch, ja. Aber nicht nur deshalb. Alles belastet ihn zurzeit zu sehr. Er liebt seine Söhne – du weißt doch, wie lieb er immer mit dem Michi ist – und auch dieser Zustand – daß seine ganze Familie jetzt so zertrümmert ist –«

»Aber wir waren doch auch eine Familie«, sagte Anna.

»Ja, aber nicht seine.«

»Wieso nicht seine?«

»Ach, Anna. Das sehen die Menschen immer so. Dieses Dein oder Mein. Alle wollen, daß ihnen etwas gehört. Und alle wollen wem gehören.«

»Aber wir haben ihm doch auch gehört, wir waren doch mit ihm beisammen?«

»Und genau das war das Schöne, Anna! Daß wir beisammen waren, und keiner hat wem gehört.«

Der Schauspieler lag quer über dem großen Doppelbett, er lag auf dem Bauch, beide Arme ausgebreitet, aus seinem halbgeöffneten Mund drang Speichel, er schlief.

Anna hatte das Zimmer auf Zehenspitzen betreten, still stand sie da und schaute ihn an. Die Mutter, dicht hinter ihr, legte beide Hände leicht auf die Schultern ihrer Tochter. »Wir lassen ihn besser noch schlafen«, flüsterte sie dann. Anna nickte. Wie oft hatte sie ihren Vater ähnlich wahrgenommen, zerfallen, aus seiner Form geraten, in einer Auflösung entschwunden, die ihn unmenschlich und unerreichbar machte. Sie wandte sich ab und verließ hinter der Mutter leise das Zimmer.

In der Küche saß Michi mit aufgestützten Armen am Tisch, Teller und eine Pfanne mit dampfendem Inhalt standen vor ihm.

»Willst du auch, Anna?« fragte er.

»Gern.«

Anna setzte sich ebenfalls, und Michi teilte vom Kartoffelauflauf aus, den er selbst zubereitet hatte.

»Ich jetzt nicht, Michi«, sagte die Mutter. »Aber, Anna, wenn Peter wach geworden ist, wird er sich sicher drüber freuen, daß du da bist. Ich muß leider schleunigst ins Theater.«

Sie verschwand ins Badezimmer, kam aber bald mit frisch nachgezogenen Lidstrichen zurück, gab beiden Kindern, die bereits am Essen waren, einen Kuß auf die Wange, sagte »bis später« und ging davon.

»Gut, dein Auflauf«, sagte Anna.

»Ich wollte ja, daß der Papa was ißt, deshalb hab ich gekocht, aber er wollt' lieber schlafen.«

Beide aßen eine Weile, ohne zu sprechen.

»Er versteckt dauernd seine Schnapsflaschen irgendwo«, sagte Michi.

»Hier im Haus?«

»Ja, am Dachboden.«

»Woher weißt du das?«

»Weil ich suchen geh. Ich kenn ihn ja.«

»War das früher auch schon so?«

»Manchmal. Aber in der letzten Zeit lange nicht mehr.«

»Seit wann denn wieder?«

»Im letzten Jahr halt wieder. Die Mama wohnt wieder ganz bei uns, und – was weiß ich –«

Michi schob seinen leeren Teller von sich.

»Jedenfalls säuft er jetzt wieder.«

Die Kinder saßen einander eine Weile schweigsam gegenüber.

»Mein Dada hat auch so viel gesoffen«, sagte Anna schließlich, »im Moment ist es besser, glaube ich, aber wer weiß.«

»Man weiß es nie«, sagte Michi.

»Gehen wir auf den Dachboden nach-schauen?« fragte Anna, »vielleicht finden wir wieder etwas, irgendwelche Flaschen?«

Michi sprang auf. »Ja, komm!«

Sie öffneten die knarrende Dachbodentür und eilten die gewundene Steintreppe hinauf.

»Ich schau in die Ecken Richtung Dachzim-mer«, rief Michi, »du dort drüben unter den Querbalken, ja?«

»Ja, gut!«

Sie trennten sich, und jeder von ihnen stö-berte mit plötzlich erwachter Lust am Suchen in seinem Dachboden-Areal herum.

»Ich hab eine!« rief Michi triumphierend.

»Wirklich? Was denn?«

»Es ist Wodka, glaub ich! Aber schon fast leer!«

»Da! Ich hab auch eine!« schrie Anna, »einen – warte – Sli-vo-vitz«, sie las es stockend.

»Das ist ein Obstschnaps!«

»Noch voll!« tat Anna kund.

Das Suchen nach Peters versteckten Schnapsreserven geriet den beiden Kindern unvermutet zu einem sportiven Spiel. Der Dachboden barg plötzlich ein Abenteuer, Anna gefiel dieses Suchen und Finden.

»Da, wieder eine! Wieder Obstschnaps!« rief Michi.

»Du, ich glaub, ich hab jetzt auch Wodka gefunden!« schrie Anna, »es steht was Russisches auf der Flasche drauf!«

Die Kinder trugen ihre Funde zur Dachbodenstiege, häuften sie dort, die Flaschen klirrten, und beide lachten darüber, leuchtend vor Finderstolz.

»Sagt mal!! Seid ihr da oben?!«

Ein lauter Ruf. Es war Peters Stimme, dunkel und rauh.

Anna erschrak. Michi legte den Finger auf seinen Mund, ihr zu signalisieren, nichts zu sagen.

»Wir waren auf der Dachterrasse! Kommen schon!« rief er dann. Und stieg voraus die Dachbodenstiege hinunter, während Anna ihm mit Herzklopfen folgte.

»Schau, Papa, die Anna ist wieder da!«

»ANNA!« rief Peter aus, so erfreut, so liebevoll, daß sie sich plötzlich schämte, gerade eben seine geheimen Alkoholverstecke geplündert zu haben. Er umarmte sie. Da roch Anna die Ausdünstung seiner Haut, sie roch, daß er sich wohl länger nicht gewaschen hatte. Er war abgemagert, sein Haar zu lang und verfilzt, die achtlos ausgewählte Kleidung hing zerdrückt um seinen Körper.

»Ich hab ein bissel geschlafen«, sagte er.

»Willst du jetzt was essen, Papa?« fragte Michi.

»Was habt ihr denn wirklich am Dachboden gemacht?«

Die beiden Kinder schwiegen verlegen.

»Wieder oben herumgesucht?« Schweigen. »Wieder was gefunden, was euch und euren Müttern Sorge macht?«

»Es gibt Kartoffelauflauf«, sagte Michi verzagt.

»Also gut, her damit. Aber bitte auch eine der Flaschen von oben!«

Peter ließ sich auf den Sessel am Küchentisch fallen und sah Anna an. Selten hatte sie so traurige Augen gesehen wie die seinen.

»Du bist groß geworden, mein Schweizer Mädele«, sagte er. »Bleibst du länger?«

»Über die Ferien.«

»Welche Ferien denn?«

»Ostern«, sagte Anna.

»Ach ja, Ostern. Auferstehung – Wir wollten ja aufs Land – um ein bißchen aufzuerstehen – aber deine Mutter hat grade jetzt so viele Vorstellungen zu spielen – da bleiben wir wohl in Wien –«

Michi hatte den Auflauf neuerlich gewärmt und angeröstet und vor seinen Vater hingestellt.

»Ein Bier!« befahl der.

Anna holte eine Flasche Bier aus dem Kühlschrank, während Michi kurz nochmals am Dachboden verschwand und mit der halbvollen Wodkaflasche zurückkam. Beide stellten sie Gläser auf den Tisch.

Der Schauspieler füllte ebenso viel Wodka in ein Glas, wie er Bier ins andere schüttete, ließ danach den Schnaps mit einem einzigen langen Schluck in seine Kehle stürzen, es schüttelte ihn ein wenig, und er trank das Bier hinterher. Ein langgezogener Laut entrang sich ihm, es klang wie ein erlöstes Aufstöhnen. Dann griff er langsam zur Gabel und stocherte in den Kartoffeln herum.

Beide Kinder saßen ihm gegenüber.

»Iß doch«, sagte Michi.

»Ja, ja –«, murmelte der Vater.

»Es ist Speck dabei.«

»Prima. Hast du gut gemacht –«

Jedoch nach ein paar Kartoffelstückchen, die er mühsam kaute und hinunterschluckte, stand der Vater wieder auf. Er wankte ein klein wenig.

»Nicht bös sein, Kinder – aber ich leg mich noch mal hin. Irgendwie – bin ich noch unglaublich müd –«

Im Vorbeigehen strich er Anna durch ihre Locken, »bist eine Liebe«, und zu Michi gewandt sagte er: »Dank dir, mein Michael, du Superkoch – bis später –«

Er taumelte ins Schlafzimmer zurück, schloß die Tür hinter sich, und man hörte ihn mit einem schweren Aufseufzen auf das Bett fallen.

Die Kinder waren sitzen geblieben und schauten einander an.

»Ich versteh jetzt, daß meine Mutter so traurig war, am Flughafen«, sagte Anna, »er war doch vorher in einer Klinik, hat sie gesagt – damit er nicht so ist, wie er jetzt ist.«

»Er ist immer wieder in einer Klinik«, sagte Michi, »und kommt ganz okay zurück, aber das dauert nie lange.«

Beide schwiegen.

»Komische Väter haben wir«, sagte Anna.

»Ja, überhaupt komische Eltern«, fügte Michi hinzu.

Wieder in Ägeri zurück, war es jedoch ihr eigener komischer Vater, der sich plötzlich überhaupt nicht komisch verhielt.

Ohne die übliche Exzentrik, sondern unvermutet ernsthaft und sachlich, bestimmte er Annas Leben neu. Seine Abstinenz, berufliche Erfolge und eine daraus resultierende Wohlhabenheit, beides kombiniert mit genügend öffentlicher Aufmerksamkeit, Anerkennung und Einflußnahme, all diese Faktoren hielten ihn wohl in Balance. Schienen ihn eine Zeitlang vor Abstürzen zu schützen. Anna erlebte vorübergehend einen gefestigten, entscheidungsfreudigen Vater.

Er tauchte also im Kinderheim Doktor Bossard auf, um seine Tochter ohne Umschweife wissen zu lassen, daß sie sich demnächst von hier würde verabschieden müssen.

»Wann ist demnächst?« fragte Anna erschrokken.

»Vor dem nächsten Schuljahr. Also im Sommer.«

»In diesem Sommer schon? Nach den Ferien komme ich nicht mehr hierher?«

»Nein, Anna, nicht mehr. Da bringen wir dich gleich nach Lausanne, deine Mutter und ich, das machen wir gemeinsam. Im Chateau Brillantmont bist du schon angemeldet. Ägeri war ja recht gut für dich, zum G'sundwerden vielleicht, aber hier wirst du nix.«

»Was soll ich denn werden?«

»Jemand, der sich auskennt auf der Welt.«

»Und das lerne ich dort, mich auf der Welt auskennen?«

»Dort lernst du Mädeln aus aller Welt kennen, alle nur aus guten Familien, du lernst Sprachen, kriegst einen Überblick, raus aus dem engen Mief, verstehst?«

»Was ist enger Mief?«

»Na ja – nur zu Haus sein – oder da im Kinderheim –«

»Bin ich aber gern. Und zu Haus bin ich auch gern.«

»In Lausanne wird es dir gefallen, wirst sehen«, beendete der Vater das Gespräch.

Der Abschied vom Ehepaar Bossard, den Lehrerinnen und Freundinnen, dem Birmi und dem See, von all dem, was ihr vertraut geworden war, fiel Anna sehr schwer. Sie hatte längere Zeit gebraucht, sich einzugewöhnen, und jetzt plötzlich sollte diese Zeit wieder enden.

Vor allem die Frau Doktor nicht mehr wiederzusehen, machte Anna traurig. Als sie einander jedoch vor der Abreise umarmten, fielen Worte, die trösteten: »Wir werden uns sicher nicht aus den Augen verlieren, Anneli, du bleibst uns unvergessen!«

Ja, dachte Anna, auch ich werde das Kinderheim in Ägeri und die Familie Bossard sicher nie vergessen. Das war kein enger Mief!

Sie sah so lange sie konnte aus dem Taxi zurück. Vor dem Tor zum Kinderheim aufgereiht standen alle die Anna lieb gewordenen Menschen und winkten ihr hinterher. Nur verschwommen sah sie es, denn ihre Augen waren voller Tränen.

Aber die Sommertage in der Grinzinger Wohnung in Wien, und einige am Land, im Waldviertel, verliefen unbeschwerter, ja tröstlicher, als Anna angenommen hatte. Der Schauspieler drehte nämlich zwischendurch einen Film, da spielte er einen ständig grantigen Kommissar, das schien ihm Freude zu machen, er hatte viel zu tun, verdiente mehr Geld, und trank weniger Schnaps. Das hob die allgemeine Laune. Anna blieb auch öfter bei Opi und Omi in

Floridsdorf über Nacht, oder eine Zeitlang bei den Großeltern in Salzburg, von Omaliese verwöhnt. Bei alledem wollte sich die vom Vater zitierte Enge, die er ›Mief‹ nannte, jedenfalls nicht einstellen. Im Gegenteil. Anna mochte es ja, eng und liebevoll umgeben zu sein, und sie bekam wieder einmal Angst davor, Vertrautes verlassen zu müssen und in etwas Unbekanntes, ihr Fremdes gestoßen zu werden.

Es war wohl auch diese furchtsame Vorausschau, die es mit sich brachte, daß ›der Onkel‹ eines Tages plötzlich und heftig zu Besuch kam, Anna den Atem raubte und in Panik versetzte.

Die Mutter war glücklicherweise daheim und sofort zur Stelle, die Medikamente wirkten rasch. Es war nicht nötig geworden, den Arzt zu rufen oder zur Notaufnahme zu fahren. Auch der Schauspieler war zu Hause gewesen und hatte versucht, sie bei ihrem Ringen nach Luft mit besonders dummen Witzen davon abzulenken, und sogar erreicht, daß sie zwischendurch, halb erstickt, aber doch, bei seinen Blödeleien auflachen mußte.

Als dann Annas Atem endlich wieder ganz ruhig geworden war und sie auf mehrere Kissen zurückgelehnt ausruhte, setzte die Mutter sich an den Bettrand. »Fürchtest du dich vor der neuen Schule?« fragte sie.

»Ich kenne dort niemanden.«

»Aber so war es in Ägeri anfangs doch auch, und später doch sehr schön. Oder?«

Anna nickte.

»Weißt du, der Dada will wirklich nur das Beste für dich, er konnte nie in eine tolle Schule gehen als kleiner Junge, und er hält so viel von Leuten, die sich so was leisten können. Und daß er dir jetzt so etwas Nobles ermöglichen kann, dir, seiner Tochter, das bedeutet ihm viel.«

»Warum kann ich nicht lieber hier in Wien in so etwas Nobles gehen?« fragte Anna beklommen.

Die Mutter blickte ihre Tochter an. Sie seufzte leicht auf und schien nach der Antwort zu suchen.

»Schau – hier in Wien – gibt's halt so was nicht – gibt es halt kein solches Chateau wie das Brillantmont – und dein Vater will es so, er hat von diesem Internat nur das Beste gehört. Nur lauter liebe und kluge Mädchen, wirst sehen. Und du bist dort in der französischen Schweiz und lernst die internationale Welt kennen.«

»Muß ich die denn unbedingt kennenlernen?«

»Kann auf jeden Fall nicht schaden, glaub mir.«

»Aber du kennst sie doch auch nicht, die internationale Welt, oder?«

»Für mich reicht es, aber dein Vater hat da einen anderen Ehrgeiz.«

Kurzes Schweigen.

»Ach was«, rief die Mutter dann, »vergiß die internationale Welt. Du wirst sehen, Anna, Lausanne wird dir sehr gut gefallen! Und Lausanne liegt auch an einem See!«

Anna befand sich mit ihren Eltern im Flugzeug, sie saß am Fensterplatz, der Vater am Gangsitz, die Mutter zwischen ihnen. Seit langem wieder einmal verband die Familie eine gemeinsame Reise, und die Stunden bisher hatten, wie es schien, allen dreien Vergnügen bereitet. Der Flug durch einen wolkenlos weiten Himmel verlief ruhig, und Sonne fiel in hellen Bahnen durch die Luken ins Innere der Maschine. Der Vater hatte für die Mutter Champagner bestellt, für sich selbst nur Wasser, Anna durfte Cola trinken, und was die höflichen Stewardessen ihnen auf den Plastiktabletts servierten, hatte nach richtig gutem Essen geschmeckt. Sie waren alle drei fröhlich, so, als geschähe nichts anderes als ein einträchtiger Familienausflug.

Die Maschine drehte plötzlich bei, flog in Schräglage eine Schleife, und unterhalb der Luke war nur Wasser zu sehen, eine glatte blaue Wasserfläche. Anna lehnte sich zurück und schloß die Augen, ihr war schwindlig geworden. Die Mutter neben ihr lachte, umarmte sie und drückte sie fest an sich. »Ja, gleich landen wir!«

»Klass', der Genfer See, was?« sagte der Vater, »bissel was anderes als euer Spuckerl von See in Ägeri!«

Jetzt sank und drehte sich die Swissair-Maschine der Landung entgegen, und Anna wußte plötzlich wieder, was ihr bevorstand. Daß sie wieder einmal ›abgeliefert‹ werden würde. Diesmal zwar von beiden Eltern flankiert, und diesmal in einem vornehmen Chateau, was ja

›Schloß‹ hieß. Aber Schloß hin oder her, sie würde wieder zurückgelassen werden, wieder fremde Menschen um sich haben, und wieder all das Neue ganz allein in Erfahrung bringen müssen.

»Schau, wie schön alles da unten liegt!« sagte die Mutter neben ihr. Sie überflogen die Hügel um den See, die sanfte Linie der Ufer begrenzte die Stadt, rundum bewaldete Hänge mit all den eleganten Villen, es sah ja wirklich schön aus von da oben.

»Lausanne besitzt eine tolle Altstadt«, sagte der Vater, »Brillantmont liegt ein bißchen außerhalb, aber ihr Mädels werdet sicher diverse Lokale unsicher machen.«

»Später mal«, murmelte die Mutter, »hoffentlich nicht jetzt schon.«

»Warum nicht?!« rief der Vater, »Brillantmont nennt sich ja eine ›international school‹! Da sind auch die Mädchen ihrer Zeit voraus, wirst sehen, Anna!«

Ja, ich werde es sehen, dachte Anna, ich werde alles sehen und versuchen, nicht zu weinen, wenn die zwei mich dort zurücklassen. Und vielleicht finde ich auch in diesem Chateau Freundinnen wie in Ägeri. Jemanden, der mich gern hat. Vielleicht wird es ja schön in dieser schönen Stadt da unten.

Das erste, was Anna auffiel, als sie sich dem schloßartigen Internatsgebäude näherten, war ein riesengroßer Baum mit seltsamen, wie zu

Herzen geformten Blättern. Sie blieb darunter stehen und sah in seine Krone hinauf.

»Ja, das ist unser berühmter Ginkgo!« sagte die Dame, die sie in Empfang genommen hatte, »es ist dies einer der ältesten und größten Bäume weit und breit.«

Die Mutter bückte sich, hob ein Ginkgoblatt auf, das vor ihr lag, und reichte es ihrer Tochter. »Zur Begrüßung!« sagte sie. »Und wenn du mir schreibst, leg doch bitte manchmal auch ein Blatt in den Brief. Dann glaube ich, wir wären beisammen und zu zweit.«

Ich werde einmal so einen Baum pflanzen, dachte Anna. In unserem Garten werde ich einmal so einen Baum pflanzen.

»Frau, sei Frau.«

»Früh – eigentlich sobald ich es in der Schule erlernt hatte – gehörte das Schreiben zu mir und in mein Leben. In meiner elterlichen Wohnung besaß ich kein eigenes Zimmer. Jedoch gab es
eine kleine Veranda, in die ich in den sommerlichen Monaten
ausweichen konnte. Ein Bett, ein Tisch und ein Stuhl hatten darin Platz. Und hier schrieb ich kleine Geschichten, Gedichte – und
bereits Lieder.
Dieses Buch nun enthält eine Auswahl meiner in den vergange-
nen Jahrzehnten entstandenen Lieder. Es sind solche, die für mich
selbst, für eine Zeit, für ein Erleben Bedeutung erlangt haben –
und die sich andererseits auch niedergeschrieben sehen lassen
können.« *Erika Pluhar*

Erika Pluhar, Meine Lieder. insel taschenbuch 4688. 180 Seiten.

»Poetisch und witzig!« *Woman*

Paulina Neblo war gefeierte Tänzerin und erfolgreiche Cho-
reographin, die Männer lagen ihr zu Füßen, sie hatte eine wun-
dervolle Tochter und eine erfüllte Ehe. Als ihr Mann bei einem
Autounfall ums Leben kommt und kurz darauf ihre Tochter
stirbt, zieht sie sich aus dem Leben zurück – bis sie mit
70 Jahren beschließt, der scheinbaren Zukunftslosigkeit des
Alters trotzig die Stirn zu bieten: Auf einem Laptop beginnt
sie, Tagebuch zu schreiben und dabei über ihr Leben zu
sinnieren …

Erika Pluhar hat ein berührendes Portrait einer kompromiss-
losen Frau geschrieben, die im Alter die Liebe und das Leben
wiederfindet.

Erika Pluhar, Spätes Tagebuch. Roman. insel taschenbuch
4091. 219 Seiten

Erika Pluhar
Die öffentliche Frau

»Ein Frauenleben mit allen Irrungen und Wirrungen«

Ein Journalist bittet die prominente Künstlerin, ihm ihre Lebensgeschichte zu erzählen, die er als Serie in seiner Zeitschrift publizieren will. Aus anfänglichem Misstrauen und einer beiderseitigen Befangenheit erwächst bei seinen täglichen Besuchen allmählich eine Vertrautheit; und die Frau beginnt zu erzählen: von ihren zwei Ehen, von ihren Theatererfahrungen, von ihrem Leben als Sängerin, von ihrer Zeit als politische Aktivistin und ihrem Weg zur Schriftstellerin. Sie berichtet von den Menschen, die ihr Leben maßgeblich beeinflussten.

Bald wird sie intimer, erzählt Dinge, die bisher in der Presse so nicht zu lesen waren: Geschichten aus der Kindheit, von der Überwindung ihrer Magersucht als Jugendliche, vom Tod der Tochter ...

Erika Pluhar, Die öffentliche Frau. Eine Rückschau. insel taschenbuch 4354. 280 Seiten

Ein ermutigender Blick auf das Älterwerden

Henriette Lauber blickt auf ein schöpferisches und erfülltes Leben zurück: Als Cutterin von Kinofilmen konnte sie an der Seite ihres geliebten Mannes in spannende Welten eintauchen. Heute lebt sie allein in einer kleinen Wohnung in Wien, und all ihre Liebe gilt ihrem Patensohn aus der Westsahara.

Eines Tages macht sie zufällig die Bekanntschaft ihrer jüngeren Nachbarin Linda. Zwischen den beiden Frauen entsteht ein reger Kontakt. Während Linda Henriette im Alltag hilft, erzählt diese ihr von ihrer Vergangenheit, von der Arbeit in der Filmbranche, den Reisen rund um den Globus und ihrer großen Liebe. Für Linda eröffnen sich neue Welten, und sie beginnt, ihr eigenes Leben zu hinterfragen ...

Die Geschichte einer generationenübergreifenden Frauenfreundschaft und ein schonungsloser, aber ermutigender Blick auf das Älterwerden.

Erika Pluhar, Gegenüber. Roman. insel taschenbuch 4696. 337 Seiten.

**Von der Bestsellerautorin
Erika Pluhar**

Wien zu Beginn des 20. Jahrhunderts. Anna studiert an der
Kunstakademie und träumt von einem Leben als Malerin –
bis sie sich Hals über Kopf in den attraktiven Studenten Seff
verliebt. Vor seiner deutschnationalen Gesinnung verschließt
sie die Augen, nicht ahnend, welche Konsequenzen diese
auch für ihr Leben haben wird ...

Einfühlsam beschreibt Erika Pluhar die Hoffnungen und
Sehnsüchte einer jungen Frau, deren Leben einen unerwarte-
ten Lauf nimmt. Ein lebendiger, eindringlicher und bildrei-
cher Roman.

Erika Pluhar, Im Schatten der Zeit. Roman. insel taschenbuch 4247. 254 Seiten